李有才板话
李家庄的变迁

赵树理 著

泰山出版社·济南·

图书在版编目（CIP）数据

李有才板话·李家庄的变迁 / 赵树理著. -- 济南：泰山出版社, 2024. 7. --（中国近现代名家中长篇小说精选）. -- ISBN 978-7-5519-0846-7

Ⅰ. I247.5

中国国家版本馆CIP数据核字第2024X80N74号

LIYOUCAI BANHUA · LIJIAZHUANG DE BIANQIAN

李有才板话·李家庄的变迁

责任编辑 王凌云

装帧设计 路渊源

出版发行 泰山出版社

　　　　　社　　址　济南市洺源大街2号　邮编　250014

　　　　　电　话　综 合 部（0531）82023579　82022566

　　　　　　　　　　出版业务部（0531）82025510　82020455

　　　　　网　　址　www.tscbs.com

　　　　　电子信箱　tscbs@sohu.com

印　　刷 山东通达印刷有限公司

成品尺寸 165 mm × 240 mm　16开

印　　张 10.25

字　　数 170千字

版　　次 2024年7月第1版

印　　次 2024年7月第1次印刷

标准书号 ISBN 978-7-5519-0846-7

定　　价 36.00元

凡　例

一、本书收录了作者的经典中长篇小说，主要展现了作者的思想情感、审美旨趣与价值观念，以及当时的时代风貌等。

二、将作品改为简体横排，以符合现代阅读习惯。原文存在标点不明、段落不分等不便于阅读之处，编者酌情予以调整。

三、作品尽量依照原作，保持原作风格及其时代韵味，同时根据需要，对原文进行了适当的删减和订正。

四、对有些当时惯用的文字，如"的""地""得""作""做""哪""那""化钱""记帐"等，仍多遵照旧用。

目 录

李有才板话

一　书名的来历

阎家山有个李有才，外号叫"气不死"。

这人现在有五十多岁，没有地，给村里人放牛，夏秋两季捎带看守村里的庄稼。他只是一身一口，没有家眷。他常好说两句开心话，说是"吃饱了一家不饥，锁住门也不怕饿死小板凳"。村东头的老槐树底有一孔土窑，还有三亩地，是他爹给他留下的。后来他把地押给阎恒元，土窑就成了他的全部产业。

阎家山这地方有点古怪：村西头是砖楼房，中间是平房，东头的老槐树下是一排二三十孔土窑。地势看来也还平，可是从房顶上看起来，从西到东却是一道斜坡。西头住的都是姓阎的；中间也有姓阎的，也有杂姓，不过都是些在地户；只有东头特别，外来的开荒的占一半，日子过倒霉了的杂姓，也差不多占一半，姓阎的只有三家，也是破了产卖了房子才搬来的。

李有才常说："老槐树底的人只有两辈——一个'老'字辈，一个'小'字辈。"这话也只是取笑：他说的"老"字辈，就是说外来的开荒的，因为这些人的名字除了闾长派差派款在条子上开一下以外，别的人很少留意，别人叫起来只是把他们的姓上边加个"老"字，像老陈、老秦、老常等。他说的"小"字辈，就是其余的本地人，因为这地方人起乳名，常把前边加个"小"字，像小顺、小保等。可是西头那些大户人家，都用的是官名，有乳名别人也不敢叫——比方老村长阎恒元乳名叫"小囤"，别人对上人家不只不敢叫"小囤"，就是该说"谷囤"也只得说成"谷仓"，谁还好意思说出"囤"字来？一到了老槐树底，风俗大变，活八十岁也只能叫小什么、小什么，你就起上个官名也使不出去——比方陈小元前几年请柿子洼老先生给起了个官名叫"陈万昌"，回来虽然请闾长在闾账上改过了，可是老村长看账时候想不起这"陈万昌"是谁，问了一下闾长，仍然提起笔来给他改成陈小元。因为有这种关系，老槐树底的本地人，终于还都是"小"字辈。李有才自己，也只能算"小"字辈人，不过他父母是大名府人，起乳名不用"小"字，所以从小就把他叫成"有才"。

在老槐树底，李有才是大家欢迎的人物，每天晚上吃饭时候，没有他就不热闹。他会说开心话，虽是几句平常话，从他口里说出来就能引得大家笑个不休。他还有个特别本领是编歌子，不论村里发生件什么事，有个什么特别人，他都能编一大套，念起来特别顺口。这种歌，在阎家山一带叫"圪溜嘴"，官话叫"快板"。

比方说：西头老户主阎恒元，在抗战以前年年连任村长，有一年改选时候，李有才给他编了一段快板道：

> 村长阎恒元，一手遮住天，
> 自从有村长，一当十几年。
> 年年要投票，嘴说是改选，
> 选来又选去，还是阎恒元。
> 不如弄块板，刻个大名片，
> 每逢该投票，大家按一按，
> 人人省得写，年年不用换，
> 用他百把年，管保用不烂。

恒元的孩子是本村的小学教员，名叫家祥，一九三〇年在县里的简易师范毕业。这人的相貌不大好看，脸像个葫芦瓢子，说一句话眨十来次眼皮。不过人不可以貌取，你不要以为他没出息，其实一肚肮脏计，谁跟他共事也得吃他的亏。李有才也给他编过一段快板道：

鬼映眼，阎家祥，

眼睫毛，二寸长，

大腮蛋，塌鼻梁，

说句话儿眼皮忙。

两眼一忽闪，

肚里有主张，

强占三分理，

总要沾些光。

便宜占不足，

气得脸皮黄，

眼一挤，嘴一张，

好像母猪打哼哼！

像这些快板，李有才差不多每天要编，一方面是他编惯了觉着口顺，另一方面是老槐树底的年轻人吃饭时候常要他念些新的，因此他就越编越多。他的新快板一念出来，东头的年轻人不用一天就都传遍了，可是想传到西头就不十分容易。西头的人不论老少，没事总不到老槐树底来闲坐，小孩们偶尔去老槐树底玩一玩，大人知道了往往骂道："下流东西！明天就要叫你到老槐树底去住啦！"有这层隔阂，有才的快板就很不容易传到西头。

抗战以来，阎家山有许多变化，李有才也就跟着这些变化作了些新快板，又因为作快板遭过难。我想把这些变化谈一谈，把他在这些变化中作的快板也抄他几段，给大家看看解个闷，结果就写成这本小书。

作诗的人，叫"诗人"；说作诗的话，叫"诗话"。李有才作出来的歌，不是"诗"，明明叫作"快板"，因此不能算"诗人"，只能算"板人"。这本小书既然是说他作快板的话，所以叫作《李有才板话》。

二　有才窑里的晚会

李有才住的一孔土窑，说也好笑，三面看来有三变：门朝南开，靠西墙正中有个炕，炕的两头还都留着五尺长短的地面。前边靠门这一头，盘了个小灶，还摆着些水缸、菜瓮、锅、匙、碗、碟；靠后墙摆着些筐子、箩头，里面装的是村里人送给他的核桃、柿子（因为他是看庄稼的，大家才给他送这些）；正炕后墙上，就炕那么高，打了个半截套窑，可以铺半条席子。因此你要一进门看正面，好像个小山果店；扭转头看西边，好像石菩萨的神龛；回头来看窗下，又好像小村子里的小饭铺。

到了冷冻天气，有才好像一炉火——只要他一回来，爱取笑的人们就围到他这土窑里来闲谈，谈起话来也没有什么题目，扯到哪里算哪里。这年正月二十五日，有才吃罢晚饭，邻家的青年后生小福，领着他的表兄就开开门走进来。有才见有人来了，就点起墙上挂的麻油灯。小福先向他表兄介绍道："这就是我们这里的有才叔！"有才在套窑里坐着，先让他们坐到炕上，就向小福道："这是哪里的客？"小福道："是我表兄！柿子洼的！"他表兄虽然年轻，却很精干，就谦虚道："不算客，不算客！我是十六晚上在这里看戏，见你老叔唱焦光普唱得那样好，想来领领教！"有才笑了一笑又问道："你村的戏今年怎么不唱了？"小福的表兄道："早了赁不下箱，明天才能唱！"有才见他说起唱戏，劲上来了，就不客气地讲起来。他讲："这焦光普，虽说是个丑，可是个大角色，唱就得唱出劲来！"说着就举起他的旱烟袋算马鞭子，下边虽然坐着，上边就抡打起来，一边抡着一边道："一出场：当当当当当令×令当令×令……当令×各拉打打当！"他煞住第一段家伙，正预备接着打，门"啪"一声开了，走进来个小顺，拿着两个软米糕道："慢着老叔！防备着把锣打破了！"说着走到炕边把胳膊往套窑里一展道："老叔！我爹请你尝尝我们的糕！"（阴历正月二十五，此地有个节叫"添仓"，吃黍米糕。）有才一边接着一边谦让道："你们自己吃吧！今天煮得都不多！"说着接过去，随便让了让大家，就吃起来。小顺坐到炕上道："不多吧总不能像启昌老婆，过个添仓，派给人家小旦两个糕！"小福道："雇不起长工不雇吧，雇得起管不起吃？"有才道："启昌也还罢了，老婆不是东西！"小福的表兄问道："哪个小旦？就是唱国舅爷那个？"小福道："对！老得贵的孩子给启昌住长工。"小顺道："那么可比他爹那人强一百二十分！"有才道："那还用说？"小福的表兄悄悄问小福道："老得贵怎么？"他虽说得很低，却被小顺听见了，小顺道："那是有歌的！"接着就念道：

> 张得贵，真好汉，
> 跟着恒元舌头转。
> 恒元说个"长"，
> 得贵说"不短"；
> 恒元说个"方"，
> 得贵说"不圆"；
> 恒元说"砂锅能捣蒜"，
> 得贵就说"打不烂"；
> 恒元说"公鸡能下蛋"，
> 得贵就说"亲眼见"。
> 要干啥，就能干，
> 只要恒元嘴动弹！

他把这段快板念完，小福听惯了，不很笑。他表兄却嘻嘻哈哈笑个不了。

小顺道："你笑什么？得贵的好事多着哩！那是我们村里有名的吃烙饼干部。"小福的表兄道："还是干部啦？"小顺道："农会主席！官也不小！"小福的表兄道："怎么说是吃烙饼干部？"小顺说："这村跟别处不同：谁有个事到公所说说，先得十几斤面、五斤猪肉，在场的每人一斤面烙饼、一大碗菜，吃了才说理。得贵领一份烙饼，总得把每一张烙饼都挑遍。"小福的表兄道："我们村里早二三年前说事就不兴吃喝了。"小顺道："人家哪一村也不兴了，就这村怪！这都是老恒元的古规。老恒元今天得个病死了，明天管保就吃不成了。"

正说着，又来了几个人：老秦（小福的爹）、小元、小明、小保。一进门，小元喊道："大事情！大事情！"有才忙道："什么？什么？"小明答道："老哥！喜富的村长撤差了！"小顺从炕上往地下一跳道："真的？再唱三天戏！"小福道："我也算数！"有才道："还有今天？我当他这饭碗是铁箍箍住了！谁说的？"小元道："真的！章工作员来了，带着公事！"小福的表兄问小福道："你村人跟喜富的仇气就这么大？"小顺道："那也是有歌的：

　　　　一只虎，阎喜富，
　　　　吃吃喝喝有来路；
　　　　当过兵，卖过土，
　　　　又偷牲口又放赌，
　　　　当牙行，卖寡妇……
　　　　什么事情都敢做。
　　　　惹下他，防不住，
　　　　人人见了满招呼！

你看仇恨大不大？"小福的表兄听罢才笑了一声，小明又拦住告诉他道："柿子洼客你是不知道！他念的那还是说从前，抗战以后这东西趁着兵荒马乱抢了个村长，就更了不得了，有恒元那老不死给他撑腰，就没有他干不出来的事，屁大点事弄到公所，也是桌面上吃饭，袖筒里过钱，钱淹不住心，说捆就捆，说打就打，说教谁倾家败产谁就没法治。逼得人家破了产，老恒元管'贱钱二百'买房买地。老槐树底这些人，进了村公所，谁也不敢走到桌边。三天两头出款，谁敢问问人家派的是什么钱；人家姓阎的一年四季也不见走一回差，有差事都派到老槐树底，谁不是荒着地给人家支？……你是不知道，坏透了坏透了！"有才低声问道："为什么事撤了的？"小保道："这可还不知道，大概是县里调查出来的吧？"有才道："光撤了差放在村里还是大害，什么时候毁了他才能算干净，可不知县里还办他不办？"小保道："只要把他弄下台，攻他的人可多啦！"

　　远远有人喊道："明天到庙里选村长啦，十八岁以上的人都得去……"一连声叫喊，声音越来越近，小福听出来了，便向大家道："是得贵！还听不懂他那贱嗓？"进来了，就是得贵。他一进来，除了有才是主人，随便打了个招呼，其余的人都没有说话，小福小顺彼此挤了挤眼。得贵道："这里倒热闹！省得我跑！明天选村长啦，凡年满十八岁者都去！"又把嗓子放得低低的："老村长的意思叫选广聚！谁不在这里，你们碰上告诉给他们一声！"说着抽身就走了。他才一出门，小顺抢着道："吃烙饼去吧！"小元道："吃屁吧！章工作员还在这里住着啦，饼恐怕烙不成！"老秦埋怨道："人家听见了！"小元道："怕什么？就是故意叫他听啦。"小保道："他也学会打官腔了：'凡年满十八岁者'……"小顺道："还有'老村长的意思'。"小福道："假大头这回要变真大头啦呀！"小福的表兄问小福道："谁是假大头？"小顺抢着道："这也有歌：

刘广聚，假大头，

　　　　一心要当人物头，

　　　　抱粗腿，借势头，

　　　　拜认恒元干老头。

　　　　大小事，强出头，

　　　　说起话来歪着头。

　　　　从西头，到东头，

　　　　放不下广聚这颗头。

一念歌你就清楚了。"小福的表兄觉着很奇怪，也没有顾上笑，又问道："怎么你村有这么多的歌？"小顺道："提起西头的人来，没有一个没歌的，连哪一个女人脸上有麻子都有歌。不只是人，每出一件新事，隔不了一天就有歌出来了。"又指着有才道："有我们这位老叔，你想听歌很容易！要多少有多少！"

　　小元道："我看咱们也不用管他'老村长的意思'不意思，明天偏给他放个冷炮，揽上一伙人选别人，偏不选广聚！"老秦道："不妥不妥，指望咱老槐树底人谁得罪起老恒元？他说选广聚就选广聚，瞎惹那些气有什么好处？"小元道："你这老汉真见不得事！只怕柿叶掉下来碰破你的头，你不敢得罪人家，也还不是照样替人家支差出款？"老秦这人有点古怪，只要年轻人一发脾气，他就不说话了。小保向小元道："你说得对，这一回真是该扭扭劲，要是再选上个广聚还不是仍出不了恒元老家伙的手吗？依我说咱们老槐树底的人这回就出出头，就是办不好也比搓在他们脚板底强得多！"小保这么一说，大家都同意，只是决定不了该选谁好。依小元说，小保就可以办。老陈觉得要是选小明，票数会更多一些。小明却说在大场面上说个话还是小元有两下子。李有才道："我说个公道话吧！要是选小明老弟，保管票数最多，可是他老弟恐怕不能办。他这人太好，太直，跟人家老恒元那伙人斗个什么事恐怕没有人家的心眼多。小保领过几年羊（就是当羊经理），在外边走的地方也不少，又能写能算，办倒没有什么办不了，只是他一家五六口子全靠他一个人吃饭，真也有点顾不上。依我说，小元可以办，小保可以帮他记一记账，写个什么公事……"这个意见大家赞成了。小保向大家道："要那样咱们出去给他活动活动！"小顺道："对！宣传宣传！"说着就都往外走。老秦着了急，叫住小福道："小福！你跟人家逞什么能？给我回去！"小顺拉着小福道："走吧走吧！"又回头向老秦道："不怕！丢了你小福我包赔！"说了就把小福拉上走了。老秦赶紧追出来连声喊叫，也没有叫住，只好领上外甥（小福的表兄）回去睡觉。

窑里丢下有才一个人，也就睡了。

三 打虎

第二天吃过早饭，李有才放出牛来预备往山坡上送，小顺拦住他道："老叔你不要走了！多一票算一票！今天还许弄成，已经给小元弄到四十多票了。"有才道："误不了！我把牛送到椒洼就回来。这时候又不怕吃了谁的庄稼！章工作员开会，一讲话还不是一大晌？误不了！"小顺道："这一回是选举会，又不是讲话会。"有才道："知道！不论什么会，他在开头总要讲几句'重要性'啦，'什么的意义及其价值'啦，光他讲讲这些我就回来了！"小顺道："那你去吧！可不要叫误了！"说着就往庙里去了。

庙里还跟平常开会一样，章工作员、各干部坐在拜厅上，群众站在院里，不同的只是因为喜富撤了差，大家要看看他还威风不威风，所以人来得特别多。

不大一会，人到齐了，喜富这次当最后一回主席。他虽然沉着气，可是嗓子究竟有点不自然，说了几句客气话，就请章工作员讲话，章工作员这次也跟从前说话不同了，也没有讲什么"意义"与"重要性"，直截了当说道："这里的村长，犯了一些错误，上级有命令叫另选。在未选举以前，大家对旧村长有什么意见，可以提一提。"大家对喜富的意见，提一千条也有，可是一来没有准备，二来碍于老恒元的面子，三来差不多都怕喜富将来记仇，因此没有人敢马上出头来提，只是交头接耳商量。有的说"趁此机会不治他，将来是村上的大害"，有的说"能送死他自然是好事，送不死，一旦放虎归山必然要伤人"……议论纷纷，都没有主意。有个马凤鸣，当年在安徽卖过茶叶，是张启昌的姐夫，在阎家山下了户。这人走过大地方，开通一点，不像阎家山人那么小心小胆。喜富当村长的第一年，随便欺压村民，有一次压迫到他头上，当时惹不过，只好忍过去。这次喜富已经下了台，他想趁势算一下旧账，便悄悄向几个人道："只要你们大家有意见愿意提，我可以打头一炮！"马凤鸣说愿意打头一炮，小元先给他鼓励道："提吧！你一提我接住就提，说开头多着哩！"他们正商量着，章工作员在台上等急了，便催道："有没有？再限一分钟！"马凤鸣站起来道："我有个意见：我的地上边是阎五的坟地，坟地堰上的荆条、酸枣树，一直长到我的地后，遮住半块地不长庄稼。前年冬天我去砍了一砍，阎五说出话来，报告到村公所，村长阎喜富给我说的，叫我杀了一口猪给阎五祭祖，又出了二百斤面叫所有的阎家人大吃一顿，罚了我五百块钱，永远不准我在地后砍荆条和酸枣树。猪跟面大家算吃了，钱算我出了，我都能忍过去不追究，只是我种地出着负担永远叫给人家长荆条和酸枣树，我觉着不合理。现在要换村长，我请以后开放这个禁令！"章工作员好像有点吃惊，问大家道："真有这事？"除了姓阎的，别人差不多齐声答道："有！"有才也早回来了，听见是说这事，也在中间发冷话道："比那更气人的事还多得多！"小元抢着道："我也有个意见！"接着说了一件派差事。两个人发言以后，意见就多起来，你一款我一款，无论是花黑钱、请吃饭、打板子、罚苦工……只要是喜富出头做的坏事，差不多都说出来了，可是与恒元有关系的事差不多还没人敢提，直到晌午，意见似乎没人提了，章工作员气得大瞪眼，因为他常在这里工作，从来也不会想到有这么多的问题。他向大家发命令道："这个好村长！把他捆起来！"一说捆喜富，当然大家很有劲，也不知道上来多少人，七手八脚把他捆成了个倒缚兔。他们问送到哪里，章工作员道："且捆到下面的小屋里，拨两个人看守着，大家先回去吃饭，吃了饭选过村长，我把他带回区上去！"小顺、小福还有七八个人抢着道："我看守！我看守！"小顺道："迟吃一会饭有什么要紧？"章工作员又道："找个人把上午大家提的意见写成个单子作为报告，我带回去！"马凤鸣道："我写！"小保道："我帮你！"章工作员见有了人，就宣布散了会。

这天晌午，最着急的是恒元父子，因为有好多案件虽是喜富出头，却还是与他们有关的。恒元很想吩咐喜富一下叫他到县里不要乱说，无奈许多人看守着，没有空子，也只好罢了。吃过午饭，老恒元说身体有点不舒服，只打发儿子家祥去照应选举的事，自己却没有去。

会又开了，章工作员宣布新的选举办法道："按正规的选法，应该先选村代表，然后由代表会里产生村长，可是现在来不及了。现在我想了个变通办法：大家先提出三个候选人，然后用投票的法子从三个人中选一个。投票的办法，因为不识字的人很多，可以用三个碗，上边画上记号，放到人看不见的地方，每人发一颗豆，愿意选谁，就把豆放到谁的碗里去。这个办法好不好？"大家齐声道："好！"这又出了家祥意料之外。他仗着一大部分人离不了他写票，谁知章工作员又用了这个办法。办法既然改了，他借着自己是个教育委员，献了个殷勤，去准备了三个碗，顺路想在这碗上想点办法。大家把三个候选人提出来了：刘广聚是经过老恒元的运动的，自然在数，一个是马凤鸣，一个就是陈小元。家祥把一个红碗、两个黑碗上贴了名字向大家声明道："注意！一会把这三个碗放到里边殿里。次序是这样，从东往西，第一个，红碗，是刘广聚；第二个是马凤鸣；第三个是陈小元。再说一遍，从东往西，第一个，红碗，是刘广聚；第二个是马凤鸣；第三个是陈小元。"说了把碗放到殿里的供桌上，然后站东过西每人发了一颗豆，发完了就投起来。一会，投票完了，结果是马凤鸣五十二票，刘广聚八十八票当选，陈小元八十六票，跟刘广聚只差两票。

选举完了，章工作员道："我还要回区上去。派两个人跟我相跟上把喜富送去！"家祥道："我派我派！"下边有几个人齐声道："不用你派，我去！我去！"说着走出十几个人来。章工作员道："有两个就行！"小元道："多去几个保险！"结果有五个去。

章工作员又叫人取来了马凤鸣跟小保写的报告，就带着喜富走了。

刘广聚当了村长，送走章工作员之后，歪着个头，到恒元家里去——一方面是谢恩，一方面是领教。老恒元听了家祥的报告，知道章工作员把喜富带走，又知道小元跟广聚只差两票，心里着实有点不安，少气无力向广聚道："孩子，以后要小心点！情况变得有点不妙了！马凤鸣，一个外来户，也要翻眼；老槐树底人也起了反了！"说着伸出两个指头来道："你看危险不危险？两票！只差两票！"又吩咐他道："孩子以后要买一买马凤鸣的账，捡那不重要的委员给他当一个——就叫他当个建设委员也好！像小元那些没天没地的东西，以后要找个机会重重治他一下，要不就压不住东头那些东西。不过现在还不敢冒失，等喜富的事有个头尾再说！回去吧孩子！我今天有点不得劲，想早点歇歇！"广聚受完了这番训，也就辞出。

这天晚上，李有才的土窑里自然也是特别热闹，不必细说。第二天便有两段新歌传出来，一段是：

> 正月二十五，打倒一只虎，
> 到了二十六，老虎更吃苦，
> 大家提意见，尾巴藏不住，
> 咕咚按倒地，打个背绑兔。
> 家祥干眨眼，恒元屙一裤。

大家哈哈笑，心里蛮舒服。
还有一段是：

> 老恒元，真混账，
> 抱住村长死不放。
> 说选举，是假样，
> 侄儿下来干儿上。

四　丈地

自从把喜富带走以后，老恒元总是放心不下，生怕把他与自己有关的事攀扯出来，可是现在的新政府不比旧衙门，有钱也花不进去，打发家祥去了几次也打听不着，只好算了。过了三个月，县里召集各村村长去开会，老恒元托广聚到县里顺便打听喜富的下落。

隔了两天，广聚回来了，饭也没有吃，歪着个头，先到恒元那里报告。恒元躺着，他坐在床头毕恭毕敬的报告道："喜富的事，因为案件过多，喜富不愿攀出人来，直拖累了好几个月才算结束。所有麻烦，喜富一个人都承认起来了，县政府特别宽大，准他呈递悔过书赔偿大众损失，就算完事。"恒元长长吐了口气道："也算！能不多牵连别人就好！"又问道："这次开会商议了些什么？"广聚道："一共三件事：第一是确实执行减租，发了个表格，叫填出佃户姓名，地主姓名，租地亩数，原租额多少，减去多少。第二是清丈土地，办法是除了政权、各团体干部参加外，每二十户选个代表共同丈量。第三是成立武委会发动民兵，办法是先选派一个人，在阳历六月十五号以前到县受训。"老恒元听说喜富的案件已了，才放心了一点，及至听到这些事，眉头又打起皱来。他等广聚走了，便跟儿子家祥道："这派人受训没有什么难办，依我看还是巧招兵，跟阎锡山要的在乡军人一样，随便派上个谁就行了。减租和丈地两件事，在阎家山说来，只是对咱不利。不过第一件还好办，只要到各窝铺上说给佃户们一声，就叫他们对外人说是已经减过租了，他们怕夺地，自然不敢不照咱的话说；回头村公所要造表，自然还要经你的手，也不愁造不合适。只有这第二件不好办。丈地时候参加那么多的人，如何瞒得过去？"家祥眨着眼道："我看也好应付！说各干部吧！村长广聚是自己人。民事委员教育委员是咱父子俩，工会主席老范是咱的领工，咱一家就出三个人。农会主席得贵还不是跟着咱转？财政委员启昌，平常打的是不利不害主义，只要不叫他吃亏，他也不说什么。他孩子小林虽然算个青救干部，啥也不懂。只有马凤鸣不好对付，他最精明，又是个外来户，跟咱都不一心，遇事又敢说话。他老婆桂英又是个妇救干部，一家也出着两个人……"老恒元道："马凤鸣好对付：他们做过生意的人最爱占便宜，叫他占上些便宜他就不说什么了。我觉得最难对付的是每二十户选的那一个代表，人数既多，意见又不一致。"家祥道："我看不选代表也行。"恒元道："不妥！章工作员那小子腿勤，到丈地时候他要来了怎么办？我看代表还是要，不过可以由村长指派，派那些最穷、最爱打小算盘的人，像老槐树底老秦那些人。"家祥道："这我就不懂了；越是穷人，越出不起负担，越要细丈别人的地……"恒元道："你们年轻人自然想不通：咱们丈地时候，先拣那最零碎的地方丈起——比方咱'椒洼'地，一亩就有七八块，算的时候你执算盘，慢慢细算。这么着丈量，一个椒洼不上十五亩地就得丈两天。他们那些爱打小算盘的穷户，哪里误得起闲工？跟着咱们丈过两三天，自然就都走开了。等把他们熬败了，咱们一方面说他们不积极不热心，一方面还不是由咱自己丈吗？只要做个样子，说多少是多少，谁知道？"家祥道："可是我见人家丈过的地还插牌子！"恒元道："山野地，块子很不规矩，每一处只要把牌子上写个数目——比方'自此以下至崖根共几亩几分'，谁知道对不对？要是再用点小艺道买一买小户，小户也就不说话了——比方你看他一块有三亩，你就说'小户人家，用不着细盘量了，算成二亩吧'。这样一来，他有点小虚数，也怕多量出来，因此也就不想再去量别人的！"

恒元对着家祥训了这一番话，又打发他去请来马凤鸣。马凤鸣的地都是近二十年来新买的，不过因为买得刁巧一点，都是些大亩数——往往完一亩粮的地就有二三亩大。老恒元说："你的地既然都是新买的，可以不必丈量，就按原契插牌子。"马凤鸣自然很高兴。恒元又叫家祥叫来了广聚，把自己的计划宣布了一番。广聚一来自己地多，二来当村长就靠的是恒元，当然没有别的话说。

第二天便依着计划先派定了丈地代表，第三天便开始丈地。果不出恒元所料，章工作员来了，也跟着去参观。恒元说："先丈我的！"村长广聚领头，民事委员阎恒元、教育委员阎家祥、财政委员张启昌、建设委员马凤鸣、农会主席张得贵、工会主席老范、妇救会主席桂英、青救会主席小林，还有十余个新派的代表们，带着丈地的弓、算盘、木牌、笔砚等，章工作员也跟在后边，往椒洼去了。

广聚管指划，得贵执弓，家祥打算盘。每块地不够二分，可是东伸一个角西打一个弯，还得分成四五块来算。每丈量完了一块，休息一会，广聚给大家讲方的该怎样算，斜的该怎样折，家祥给大家讲"飞归得亩"之算法。大家原来不是来学习算地亩，也都听不起劲来，只是觉着丈量的太慢。章工作员却觉着这办法很细致，说是"丈地的模范"，说了便往柿子洼编村去了。

果不出恒元所料，两天之后，椒洼地没有丈完，就有许多人不来了。到了第五天，临出发只集合了七个人：恒元父子连领工老范是三个，广聚一个，得贵一个，还有桂英跟小林，一个没经过事的女人，一个小孩子。恒元摇着芭蕉扇，广聚端着水烟袋，领工老范捎着一张镢，小林捎着个镰预备割柴，桂英肚里怀着孕，想拔些新鲜野菜，也捎着个篮子，只有得贵这几天在恒元家里吃饭，自然要多拿几件东西——丈地弓、算盘、笔砚、木牌，都是他一个人抱着。出发地点是椒洼后沟，也是恒元的地，出发时候，恒元故意发脾气道："又都不来了！那么多的委员，只说话不办事，好像都成了咱们七八个人的事了！"说着就出发了。这条沟没有别人的地，连样子也不用装，一进了沟就各干各的：桂英吃了几颗青杏，就走了岔道拔菜去了，小林也吃了几颗跟桂英一道割柴去了，家祥见堰上塌了个小豁，指挥着老范去垒，得贵也放下那些家具去帮忙，恒元跟广聚，到麦地边的核桃树底趁凉快说闲话去。

　　这天有才恰在这山顶上看麦子，见进沟来七八个人，起先还以为是偷麦子的，后来各干其事了，虽然离得远了认不清人，可是做的事也都看得很清楚，只有到核桃树底去的那两个人不知是干什么的。他又往前凑了一凑，能听见说说笑笑，却听不见说什么。他自言自语道："这是两个什么鬼东西，我总要等你们出来！"说着就坐在林边等着。直到天快晌午，见有个人从核桃树下钻出来喊道："家祥！写牌来吧！"这一下听出来了，是恒元。垒堰那三个人也过来了两个，一个是家祥，一个是老范。家祥写了两个木牌，给了老范一块，自己拿着一块：老范那块插在东圪嘴上，家祥那块插在麦地边。牌子插好，就叫来了桂英、小林，七个人相跟着回去了；有才见得贵拿着弓，才想起来人家是丈地，暗自寻思道："这地原是这样丈的？我总要看看牌上写的是什么！"一边想，一边绕着路到沟底看牌。两块牌都看了，麦地边那块写的是："自此至沟掌，大小十五块，共七亩二分二厘。"东圪嘴上那块写的是："圪嘴上至崖根，共三亩二分八厘。"他看完了牌，觉着好笑。回来在路上编了这样一段歌：

　　　　丈地的，真奇怪，
　　　　七个人，不一块；
　　　　小林去割柴，桂英去拔菜，
　　　　老范得贵去垒堰，家祥一旁乱指派，
　　　　只有恒元与广聚，核桃树底趁凉快，
　　　　芭蕉扇，水烟袋，
　　　　说说笑笑真不坏。
　　　　坐到小晌午，叫过家祥来，

三人一捏弄，家祥就写牌，
前后共算十亩半，木头牌子插两块。
这些鬼把戏，只能哄小孩；
从沟里到沟外，平地坡地都不坏，
一共算成三十亩，管保恒元他不卖！

五　好怕的"模范村"

　　过了几天，地丈完了。他们果然给小户人家送了些小便宜，有三亩只估二亩，有二亩估作亩半。丈完了地这一晚上，得贵想在小户们面前给恒元卖个好，也给自己卖个好，因此在恒元家吃过晚饭，跟家祥们攀谈了几句，就往老槐树底来。老槐树底人也都吃过了饭，在树下纳凉、谈闲话，说说笑笑，声音很高。他想听一听风头对不对，就远远在路口站住步侧耳细听，只听一个人道："小旦！你不能劝劝你爹以后不要当恒元的尾巴？人家外边说多少闲话……"又听见小旦拦住那人的话抢着道："哪天不劝他？可是他不听有什么法？为这事不知生过多少气？有时候他在老恒元那里拿一根葱、几头蒜，我娘也不吃他的，我也不吃他的，就那他也不改！"他听见是自己的孩子说自己，更不便走进场，可是也想再听听以下还说些什么，所以也舍不得走开。停了一会，听得有才问道："地丈完了？老恒元的地丈了多少？"小旦道："听说是一百一十多亩。"小元道："哄鬼也哄不过！不用说他原来的祖业，光近十年来的押地也差不多有那么多！"小保道："押地可好算，老槐树底的人差不多都是把地押给他才来的！"说着大家就七嘴八舌，三亩二亩给他算起来，算的结果，连老槐树底带村里人，押给恒元的地，一共就有八十四亩。小元道："他通年雇着三个长工，山上还有六七家窝铺，要是细量起来，丈不够三百亩我不姓陈！"小顺道："你不说人家是怎样丈的？你就没听有才老叔编的歌？'丈地的，真奇怪，七个人，不一块'……"接着把那一段歌念了一遍，念得大家哈哈大笑。老秦道："我看人家丈得也公道，要宽都宽，像我那地明明是三亩，只算了二亩！"小元道："那还不是哄小孩？只要把恒元的地丈公道了，咱们这些户，二亩也不出负担，三亩还不出负担；人家把三百亩丈成一百亩，轮到你名下，三亩也得出，二亩也得出！"

得贵听到这里，知道大家已经猜透了恒元的心事，这个好已经卖不出去，就返回来想再到恒元这里把方才听到的话报告一下。他走到恒元家，恒元已经睡了，只有家祥点着灯造表，他便把方才听到的话和有才的歌报告给家祥，中间还加了一些骂恒元的话。家祥听了，沉不住气，两眼眨得飞快，骂了小元跟有才一顿，得贵很得意地回去睡了。

第二天，不等恒元起床，家祥就去报告昨天晚上的事。恒元听了，倒不在乎骂不骂，只恨他们不该把自己的心事猜得那么透彻，想了一会道："非重办他几个不行！"吃过了饭，叫来了广聚，数说了小元跟有才一顿罪状，末了吩咐道："把小元选成什么武委会送到县里受训去，把有才撵走，永远不准他回阎家山来！"

广聚领了命即刻召开了个选人受训的会，仿照章工作员的办法推了三个候选人，把小元选在三人里边，然后投豆子，可是得贵跟家祥两个人，每人暗暗抓了一把豆子都投在小元的碗里，结果把小元选住了。

村里人，连恒元、广聚都算上，都只说是拔壮丁当兵。小元家里只有一个老娘，又没有吃的，全仗小元养活，一见说把小元选住了，哭着去哀求广聚。广聚奉的是恒元的命令，哀求也没有效，得贵很得意，背地里卖俏说："谁叫他评论丈地的事！"这话传到老槐树底，大家才知道原来是这么一回事。

小明见邻居们有点事，最能热心帮助。他见小元他娘哀求也无效，就去找小保、小顺等一干人来想办法。小保道："我看人家既是有计划的，说好话也无用。依我说就真当了兵也不是坏事，大家在一处都不错，谁还不能帮一把忙？咱们大家可以招呼他老娘几天。"小明向小元道："你放心吧！也没有多余的事！烧柴吃水，一个人能费多少，你那三亩地，到了忙时候一个人抽一晌工夫就给你捎带了！"小元的叔父老陈为人很痛快，他向大家谢道："事到头上讲不起，既然不能不去，以后自然免不了麻烦大家照应，我先替小元谢谢！"小元也跟着说了许多道谢的话。

在村公所这方面，减租跟丈地的两份表也造成了，受训的人也选定了，做了一份报告，吃过午饭，拨了个差，连小元一同送往区上。把这三件工作交代过，广聚打发人把李有才叫到村公所，歪着个头，拍着桌子大大发了一顿脾气，说他"造谣生事"，又说"简直像汉奸"，最后下命令道："即刻给我滚蛋！永远不许回阎家山来！不听我的话我当汉奸送你！"有才无法，只好跟各牛东算了算账，搬到柿子洼编村去住。

隔了两天，章工作员来了，带着县里来的一张公事，上写道："据第六区公所报告，阎家山编村各干部工作积极细致，完成任务甚为迅速，堪称各村模范，特传令嘉奖以资鼓励……"自此以后，阎家山就被称为"模范村"了。

六　小元的变化

两礼拜过后，小元受训回来了，一到老槐树底，大家就都来问询，在地里做活的，虽然没到晌午，听到小元回来的消息的也都赶回来问长问短。小元很得意的道："依他们看来这一回可算把我害了，他们哪里想得到又给咱们弄了个合适？县里叫咱回来成立武委会，发动民兵，还允许给咱们发枪、发手榴弹。县里说'以后武委会主任跟村长是一文一武，是独立系统，不是附属在村公所'。并且给村长下的公事教他给武委会准备一切应用物件。从今以后，村里的事也有咱老槐树底的份了。"小顺道："试试！看他老恒元还能独霸乾坤不能？"小明道："你的苗也给你锄出来了。老人家也没有饿了肚，这家送个干粮，那家送碗汤，就够她老人家吃了。"小元自是感谢不提。

吃过午饭，小元到了村公所，把县里的公事取出来给广聚看。广聚一看公事，知道小元有权了，就拿上公事去找恒元。

恒元看了十分后悔道："想不到给他做了个小合适！"又皱着眉头想了一会道："既然错了，就以错上来——以后把他团弄住，叫他也变成咱的人！"广聚道："那家伙有那么一股扭劲，恐怕团弄不住吧！"恒元道："你不懂！这只能慢慢来！咱们都捧他的场，叫他多占点小便宜，'习惯成自然'，不上几个月工夫，老槐树底的日子他就过不惯了。"

广聚领了恒元的命，把一座庙院分成四部分：东社房上三间是村公所，下三间是学校；西社房上三间是武委会主任室，下三间留作集体训练民兵之用。

民兵动员起来了，差不多是老槐树底那一伙子，常和广聚闹小意见，广聚觉得很难对付。后来广聚常到恒元那里领教去，慢慢就生出法子来。比方广聚有制服，家祥有制服，小元没有，住在一个庙里觉着有点比配不上，广聚便道："当主任不可以没制服，回头做一套才行！"隔了不几天，用公款做的新制服给小元拿来了。广聚有水笔，家祥有水笔，小元没有，觉着小口袋上空空的，家祥道："我还有一支回头送你！"第二天水笔也插起来了。广聚不割柴，家祥不割柴，小元穿着制服去割了一回柴，觉着不好意思，广聚道："能烧多少？派个民兵去割一点就够了！"

从此以后，小元果然变了：割柴派民兵，担水派民兵，自己架起胳膊当主任。他叔父老陈，见他的地也荒了，一日就骂他道："小元你看！近一两月来像个什么东西！出来进去架两条胳膊，连水也不能担了，柴也不能割了！你去受训，人家大家给你把苗锄出来，如今莠了一半穗了，你也不锄二遍，草比苗还高，看你秋天吃什么？"小元近来连看也没有到地里看过，经老陈这一骂，也觉得应该到地里看看去。吃过早饭，扛了一把锄，正预备往地里走，走到村里，正碰上家祥吃过饭往学校去。家祥含笑道："锄地去啦？"小元脸红了，觉着不像个主任身份，便喃喃地道："我到地里看看去！"家祥道："歇歇谈一会闲话再去吧！"小元也不反对，跟着家祥走到庙门口，把锄放在门外，就走进去跟家祥、广聚闲谈起来，直谈到晌午才回去吃饭去。吃过饭，总觉着不可以去锄地，结果仍是第二天派了两个民兵去锄。

这次派的是小顺跟小福，这两个青年虽然也不敢不去，可是总觉着不大痛快，走到小元地里，无精打采慢慢锄起来。他两个一边锄一边谈。小顺道："多一位菩萨多一炉香！成天盼望主任给咱们抵些事，谁知道主任一上了台，就跟人家混得很热，除了多派咱几回差，一点什么好处都没有！"小福道："头一遍是咱给他锄，第二遍还教咱给他锄！"小顺道："那可不一样。头一遍是人家把他送走了，咱们大家情愿帮忙；第二遍是人家升了官，不能锄地了，派咱给人家当差。早知道落这个结果，帮忙？省点气力不能睡觉？"小福道："可惜把个有才老汉也撵走了，老汉要在，一定要给他编个好歌！"小顺道："咱不能给他编个试试？"小福道："可以！我帮你！"给小元锄地，他们既然有点不痛快，所以也不管锄到了没有，留下草了没有，只是随手锄过就是，两个人都把心用在编歌子上。小顺编了几句，小福也给他改了一两句，又添了两句，结果编成了这么一段短歌：

> 陈小元，坏得快，
> 当了主任耍气派，
> 改了穿，换了戴，
> 坐在庙上不下来，
> 不担水，不割柴，
> 蹄蹄爪爪不想抬，
> 锄个地，也派差，
> 逼着邻居当奴才。

小福晚上悄悄把这个歌念给两三个青年听，第二天传出去，大家都念得烂熟，小元在庙里坐着自然不得知道。

这还都是些小事，最叫人可恨的是把喜富赔偿群众损失这笔款，移到武委会用了。本来喜富早两个月就递了悔过书出来了，只是县政府把他应赔偿群众的款算了一下，就该着三千四百余元，还有几百斤面、几石小米。这些东西有一半是恒元用了，恒元就着人告喜富暂且不要回来，有了机会再说。

恰巧"八一"节要检阅民兵，小元跟广聚说，要做些挂包、子弹袋、炒面袋，还要准备七八个人三天的吃喝。广聚跟恒元一说，恒元觉着机会来了，开了个干部会，说公所没款，就把喜富这笔款移用了。大家虽然听说喜富要赔偿损失，可是谁也没听说赔多少数目。因为马凤鸣的损失也很大，遇了事又能说两句，就有些人怂恿着他去质问村长。马凤鸣跟恒元混熟了，不想得罪人，可是也想得赔偿，因此借着大家的推举也就答应了。但是他知道村长不过是个假样子，所以先去找恒元。他用自己人报告消息的口气说："大家对这事情很不满意，将来恐怕还要讨这笔款！"老恒元就猜透他的心事，便向他道："这事怕不好弄，公所真正没款，也没有日子了，四五天就要用，所以干部会上才那么决定，你不是也参加过了吗？不过咱们内里人好商量；你前年那一场事，一共破费了多少，回头叫他另外照数赔偿你！"马凤鸣道："我也不是说那个啦，不过他们……"恒元拦他的话道："不不不！他不赔我就不愿意他！不信我可以垫出来！咱们都是个干部，不分个里外如何能行？"马凤鸣见自己落不了空，也就不说什么了；别人再怂恿也怂恿不动他了。

事过之后，第二天喜富就回来了。赔马凤鸣的东西恒元担承了一半，其余应赔全村民众，那么大的数目，做了几条炒面袋、几个挂包、几条子弹袋，又给民兵拿了二十多斤小米就算完事。

"八一"检阅民兵，阎家山的民兵服装最整齐，又是模范，主任又得了奖。

七　恒元广聚把戏露底

过了阴历八月十五日，正是收秋时候，县农会主席老杨同志，被分配到第六区来检查督促秋收工作。老杨同志叫区农会给他介绍一个比较进步的村，区农会常听章工作员说阎家山是模范村，就把他介绍到阎家山去。

老杨同志吃了早饭起程，天不晌午就到了阎家山。他一进公所，正遇着广聚跟小元下棋。他两个因为一步棋争起来，就没有看见老杨同志进去。老杨同志等了一会，还没有人跟他答话，他就在这争吵中问道："哪一位是村长？"广聚跟小元抬头一看，见他头上箍着块白手巾，白小布衫深蓝裤，脚上穿着半旧的硬鞋至少也有二斤半重。从这服装上看，村长广聚以为他是哪村派来的送信的，就懒洋洋地问道："哪村来的？"老杨同志答道："县里！"广聚仍问道："到这里干什么？"小元棋快输了，在一边催道："快走棋吗！"老杨同志有些不耐烦，便道："你们忙得很！等一会闲了再说吧！"说了把背包往阶台上一丢，坐在上面休息。广聚见他的话头有点不对，也就停住了棋，凑过来答话。老杨同志也看出他是村长，却又故意问了一句："村长哪里去了？"他红着脸答过话，老杨同志才把介绍信给他，信上写的是：

　　兹有县农会杨主席，前往阎家山检查督促秋收工作，请予接洽是荷……

广聚看过了信，把老杨同志让到公所，说了几句客气话，便要请老杨同志到自己家里吃饭。老杨同志道："还是兑些米到老百姓家里吃吧！"广聚还要讲俗套，老杨同志道："这是制度，不能随便破坏！"广聚见他土眉土眼，说话却又那么不随和，一时想不出该怎么对付，便道："好吧！你且歇歇，我给你出去看看！"说了就出了公所来找恒元。他先把介绍信给恒元看了，然后便说这人是怎样怎样一身土气。恒元道："前几天听喜富说有这么个人。这人你可小看不得！听喜富说，有些事情县长还得跟他商量着办。"广聚道："是是是！你一说我想起来了！那一次在县里开会。讨论丈地问题那一天，县干部先开了个会，仿佛有他，穿的是蓝衣服，眉眼就是那样。"恒元道："去吧！好好应酬，不要冲撞着他！"广聚走出门来又返回去问道："我请他到家吃饭，他不肯，他叫给他找个老百姓家去吃，怎么办？"恒元不耐烦了，发话道："这么大一点事也问我？那有什么难办？他要那么执拗，就把他派到个最穷的家——像老槐树底老秦家，两顿糠吃过来，你怕他不再找你想办法啦？"广聚道："老槐树底那些人跟咱们都不对，不怕他说坏话？"恒元道："你就不看人？老秦见了生人敢放个屁？每次吃了饭你就把他招待回公所，有什么事？"

广聚碰了一顿钉子讨了这么一点小主意，回去就把饭派到老秦家。这样一来，给老秦找下麻烦了！阎家山没有行过这种制度，老秦一来不懂这种管饭只是替做一做，将来还要领米，还以为跟派差派款一样；二来也不知道家常饭就行，还以为衙门来的人一定得吃好的。他既是这样想，就把事情弄大了，到东家借盐，到西家借面，老两口忙了一大会儿，才算做了两三碗汤面条。

晌午，老杨同志到老秦家去吃饭，见小砂锅里是面条，大锅里的饭还没有揭开，一看就知道是把自己当客人待。老秦舀了一碗汤面条，毕恭毕敬双手捧给老杨同志道："吃吧先生！到咱穷人家吃不上什么好的，喝口汤吧！"他越客气，老杨同志越觉着不舒服，一边接一边道："我自己舀！唉！老人家！咱们吃一锅饭就对了，为什么还要另做饭？"老秦老婆道："好先生！啥也没有！只是一口汤！要是前几年这饭就端不出来！这几年把地押了，啥也讲不起了！"老杨同志听她说押了地，正要问她押给谁，老秦先向老婆喝道："你这老不死，不知道你那一张疯嘴该说什么！可憋不死你！你还记得啥？还记得啥？"老杨同志猜着老秦是怕她说得有妨碍，也就不再追问，随便劝了老秦几句。老秦见老婆不说话了，因为怕再引起话来，也就不再说了。

小福也回来了。见家里有个人，便问道："爹！这是哪村的客？"老秦道："县里的先生！"老杨同志道："不要这样称呼吧！哪里是什么'先生'？我姓杨！是农救会的！你们叫我个'杨同志'或者'老杨'都好！"又问小福"叫什么名字""多大了"。小福一一答应。老秦老婆见孩子也回来了，便揭开大锅开了饭。老秦、老秦老婆，还有个五岁的女孩，连小福，四个人都吃起饭来。老杨同志第一碗饭吃完，不等老秦看见，就走到大锅边，一边舀饭一边说："我也吃吃这饭！这饭好吃！"老两口赶紧一齐放下碗来招待，老杨同志已把山药蛋南瓜舀到碗里。老秦客气了一会儿，也就罢了。

小顺来找小福割谷，一进门碰上老杨同志，彼此问询了一下，就向老秦道："老叔！人家别人的谷都打了，我爹病着，连谷也割不起来，后晌叫你小福给俺割吧？"老秦道："吃了饭还要打谷！"小顺道："那我也能帮忙，打下你的来，迟一点去割我的也可以！"老杨同志问道："你们这里收秋还是各顾各？农救会也没有组织过互助小组？"小顺道："收秋可不就是各顾各吧？老农会还管这些事啦？"老杨同志道："那么你们这里的农会都管些什么事？"小顺道："咱不知道。"老杨同志自语道："模范村！这算什么模范？"五岁的小女孩，听见"模范"二字，就想起小顺教她的几句歌来，便顺口念道：

模范不模范，从西往东看；

西头吃烙饼，东头喝稀饭。

　　小孩子虽然是顺口念着玩，老杨同志却听着很有意思，就逗她道："念得好呀！再念一遍看！"老秦又怕闯祸，瞪了小女孩一眼。老杨同志没有看见老秦的眼色，仍问小女孩道："谁教给你的？"小女孩指着小顺道："他！"老秦觉着这一下不只惹了祸，又连累了邻居。他以为自古"官官相卫"，老杨同志要是回到村公所一说，马上就不得了。他气极了，劈头打了小女孩一掌骂道："可哑不了你！"小顺赶紧一把拉开道："你这老叔！小孩们念个那，有什么危险？我编的，我还不怕，就把你怕成那样？那是真的吧是假的？人家吃烙饼有过你的份？你喝的不是稀饭？"老秦就有这样一种习惯，只要年轻人说他几句，他就不说话了。

　　吃过了饭，老秦跟小福去场里打谷子。老杨同志本来预备吃过饭去找村农会主任，可是听小顺一说，已知道工作不实在，因此又想先在群众里调查一下，便向老秦道："我给你帮忙去。"老秦虽说"不敢不敢"，老杨同志却扛起木锨扫帚跟他们往场里去。

　　场子就在窑顶上，是好几家公用的。各家的谷子都不多，这天一场共摊了四家的谷子，中间用谷草隔开了界。

　　老杨同志到场子里什么都通，拿起什么家具来都会用，特别是好扬家，不只给老秦扬，也给那几家扬了一会儿，大家都说"真是一张好木锨"（就是说他用木锨用得好）。一场谷打罢了，打谷的人都坐在老槐树底休息、喝水、吃干粮，蹲成一圈围着老杨同志问长问短，只有老秦仍是毕恭毕敬站着，不敢随便说话。小顺道："杨同志！你真是个好把式！家里一定种地很多吧？"老杨同志道："地不多，可是做得不少！整整给人家住过十年长工！"老秦一听老杨同志说是个住长工出身，马上就看不起他了，一屁股坐在墙根下道："小福！不去场里担糠还等什么？"小福正想听老杨同志谈些新鲜事，不想半路走开，便推托道："不给人家小顺哥割谷？"老秦道："担糠回来误得了？小孩子听起闲话来就不想动了！"小福无法，只好去担糠。他才从家里挑起篓来往场里走，老秦也不顾别人谈话，又喊道："细细扫起来！不要只扫个场心！"他这样子，大家都觉着他不顺眼，小保便向他发话道："你这老汉真讨厌！人家说个话你偏要乱吵！想听就悄悄听，不想听你不能回去歇歇？"老秦受了年轻人的气自然没有话说，起来回去了。小顺向老杨同志道："这老汉真讨厌！吃亏、怕事、受了一辈子穷，可瞧不起穷人。你一说你住过长工，他马上就变了个样子。"老杨同志笑了笑道："是的！我也看出来了。"

广聚依着恒元的吩咐，一吃过饭就来招呼老杨同志，可是哪里也找不着，虽然有人说在场子里，远远看了一下，又不见一个闲人（他想不到县农会主席还能做起活来）；从东头找到西头，西头又找回东头来，才算找到。他一走过来，大家什么都不说了。他向老杨同志道："杨同志！咱们回村公所去吧！"老杨同志道："好，你且回去，我还要跟他们谈谈。"广聚道："跟他们这些人能谈个什么？咱们还是回公所去歇歇吧！"老杨同志见他瞧不起大家，又想碰他几句，便半软半硬地发话道："跟他们谈话就是我的工作，你要有什么话等我闲了再谈吧！"广聚见他的话头又不对了，也不敢强叫，可是又想听听他们谈什么，因此也不愿走开，就站在圈外。大家见他不走，谁也不开口，好像庙里十八罗汉像，一个个都成了哑子。老杨同志见他不走开大家不敢说话，已猜着大家是被他压迫怕了，想赶他走开，便向他道："你还等谁？"他呶呶唧唧道："不等谁了！"说着就溜走了。老杨同志等他走了十几步远，故意向大家道："没有见过这种村长！农救会的人到村里，不跟农民谈话，难道跟你村长去谈？"大家亲眼看见自己惹不起的厉害人受了碰，觉着老杨同志真是自己人。

天气不早了，小顺喊叫小福去割谷，老杨同志见小顺说话很痛快，想多跟他打听一些村里的事，便向他道："多借个镰，我也给你割去！"小明、小保也想多跟老杨同志谈谈，齐声道："我也去！"小顺本来只问了个小福，连自己一共两个人，这会却成了五个。这五个人说说话话，一同往地里去了。

八 "老""小"字辈准备翻身

五个人到了地，一边割谷一边谈话。小顺果然说话痛快，什么也不忌讳。老杨同志提到晌午听的那四句歌，很夸奖小顺编得好。小保道："他还是徒弟，他师父比他编得更好。"老杨同志笑道："这还是有师父的？"向小顺道："把你师父编出来的给咱念几段听一听吧？"小顺道："可以！你要想听这，管保听到天黑也听不完！"说着便念起来。他每念一段，先把事实讲清楚了然后才念，这样便把村里近几年来的事情翻出来许多。老杨同志越听越觉着有意思，比自己一件一件打听出来的事情又重要又细致，因此想亲自访问他这师父一次，就问小顺道："这歌编得果然好！我想见见这个人，吃了晚饭你能领上我去他家里闲坐一会吗？"小顺道："可惜他不在村里了，叫人家广聚把他撵跑了！"接着就把丈地时候的故事从头至尾说了一遍，一直说到小元被送县受训，有才逃到柿子洼。老杨同志问道："柿子洼离这里有多么远？"小顺往西南山洼里一指道："那不是？不远！五里地！"老杨同志道："我看这三亩谷也割不到黑！你们着个人去把他请回来，咱们晚上跟他谈谈！"小明道："只要敢回来，叫一声他就回来了！我去！"老杨同志道："叫他放心回来！我保他无事！"小顺道："小明叔腿不快！小福你去吧！"小福很高兴地说了个"可以"，扔下镰就跑了。小福去后老杨同志仍然跟大家接着谈话，把近几年来村里的变化差不多都谈完了。最后老杨同志问道："这些事情，章工作员怎么不知道？"小保道："章工作员倒是个好人，可惜没经过事，一来就叫人家团弄住了。"他们直谈到天快黑，谷也割完了，小福把有才也叫来了，大家仍然相跟着回去吃饭。

小顺家晚饭是谷子面干粮豆面条汤，给他割谷的都在他家吃。小顺硬要请老杨同志也在他家吃，老杨同志见他是一番实意，也就不再谦让，跟大家一齐吃起来。小顺又给有才端了碗汤拿了两个干粮，有才是自己人，当然也不客气。老秦听说老杨同志敢跟村长说硬话，自然又恭敬起来，把晌午剩下的汤面条热了一热，双手捧了一碗送给老杨同志。

晚饭吃过了，老杨同志向有才道："你住在哪个窑里？今天晚上咱们大家都到你那里谈一会吧！"有才就坐在自己的门口，顺手指道："这就是我的窑！"老杨同志抬头一看，见上面还贴着封条，不由他不发怒。他跳起来一把把封条撕破了道："他妈的！真敢欺负穷人！"又向有才道："开开进去吧！"有才道："这锁也是村公所的！"老杨同志道："你去叫村公所人来给你开！就说我把你叫来谈话啦！"有才去了。

有才找着了广聚，说道："县农会杨同志找我回来谈话，叫你去开门啦！"广聚看这事情越来越硬，弄得自己越得不着主意，有心去找恒元，又怕因为这点小事受恒元的碰。他想了一想，觉着农救会人还是叫农救会干部去应酬，主意一定，就向有才道："你等等，我去取钥匙去！"他回家取上钥匙，又去把得贵叫来，暗暗嘱咐了一番话，然后把钥匙给了得贵，便向有才道："叫他给你开去吧！"有才就同得贵一同回到老槐树底。

得贵跟着恒元吃了多年残剩茶饭，半通不通的浮言客套倒也学得了几句。他一见老杨同志，就满面赔笑道："这位就是县农会主席吗，慢待慢待！我叫张得贵，就是这村的农会主席。晌午我就听说你老人家来了，去公所拜望了好几次也没有遇面……"说着又是开门又是点灯，客气话说得既叫别人搀不上嘴，小殷勤也做得叫别人帮不上手。老杨同志在地里已经听小顺念过有才给他编的歌，知道他的为人，也就不多接他的话。等他忙乱过后，大家坐定，老杨同志慢慢问他道："这村共有多少会员？"他含糊答道："唉！我这记性很坏，记不得了，有册子，回头查查看！"老杨同志道："共分几小组？"他道："这这这，我也记不不清了。"老杨同志放大嗓子道："连几个小组也记不得？有几个执行委员？"他更莫名其妙，赶紧推托道："我，我是个老粗人，什么也不懂，请你老人家多多包涵！"老杨同志道："你不懂只说你不懂，什么粗人不粗人？农救会根本没有收过一个细人入会！连组织也不懂，不只不能当主席，也没有资格当会员，今天把你这主席资格、会员资格一同取消了吧！以后农救会的事不与你相干！"他一听要取消他的资格，就转了个弯道："我本来办不了。辞了几次也辞不退，村里只要有点事，想不管也不行！……"老杨同志道："你跟谁辞过？"他道："村公所！"老杨同志道："当日是谁教你当的？"他道："自然也是村公所！"老杨同志说："不怨你不懂，原来你就不是由农救会来的！去吧！这一回不用辞就退了！"他还要啰嗦，老杨同志挥着手道："去吧去吧！我还有别的事啦！"这才算把他赶出去。

这天因为有才回来了，邻居们都去问候，因此人来得特别多，来了又碰上老杨同志取消得贵，大家也就站住看起来了。老杨同志把得贵赶走之后，顺便向大家道："组织农救会是叫受压迫农民反对压迫自己的人。日本鬼子压迫我们，我们就反对日本鬼子；土豪恶霸压迫我们，我们就反对土豪恶霸。张得贵能领导你们反对鬼子吗？能领导着你们反对土豪恶霸吗？他能当个什么主席？……"老杨同志借着评论得贵，顺路给大家讲了讲"农救会是干什么的"，大家听得很起劲。不过忙时候总是忙时候，大家听了一小会儿，大部分就都回去睡了，窑里只剩下小明、小保、小顺、有才四个人（小福没有来，因为后晌没有担完糠，吃过晚饭又去担去了）。老杨同志道："请你们把恒元那一伙人做的无理无法的坏事拣大的细细说几件，我把他记下来。"说着取出钢笔和笔记簿子来道："说吧！就先从喜富撤差说起！"小明道："我先说吧，说漏了大家补！"接着便说起来。他才说到喜富赔偿大家损失的事，小顺忽听窗外好像有人，便喊道："谁？"喊了一声，果然有个人咚咚咚跑了。大家停住了话，小保、小顺出来到门外一看，远远来了一个人，走近了才认得是小福。小顺道："是你？你不进来怎么跑了？"小福道："哪里是我跑？是老得贵！我担完了糠一出门就见他跑过去了！"小保道："老家伙，又去报告去了！"小顺道："要防备这老家伙坏事！你们回去谈吧，我去站个岗！"小顺说罢往窑顶上的土堆上去了，大家仍旧接着谈。老杨同志把材料记了一大堆，便向大家道："我看这些材料中，押地、不实行减租、喜富不赔款、村政权不民主，这四件事最大，因为在这四件事上吃亏的是大多数。咱们要斗争他们，就要叫恒元退出押地，退出多收的租米，叫喜富照县里判决的数目赔款，彻底改选了村政干部。其余各人吃亏的事，只要各个人提出，该怎么办就怎么办；只要这样一来他们就倒台了，受压迫的老百姓就抬起头来了。"

小明道："能弄成那样，那可真是又一番世界，可惜没有阎家——如今就想不出这么个可出头的人来。有几个能写能算、见过世面、干得了说话的，又差不多跟人家近，跟咱远。"老杨同志道："现在的事情，要靠大家，不只靠一两个人——这也跟打仗一样，要凭有队伍，不能只凭指挥的人。指挥的人自然也很要紧，可是要从队伍里提拔出来的才能靠得住。你不要说没有人，我看这老槐树底的能人也不少，只要大家抬举，到个大场面上，也能说他几句！"小保道："这道理是对的，只是说到真事上我就懵懂了。就像咱们要斗争恒元，可该怎样下手？咱又不是村里的什么干部，怎样去集合人？怎样跟人家去说？人家要说理咱怎么办？人家要翻了脸咱怎么办？……"老杨同志道："你想得很是路，咱们现在预备就是要预备这些。咱们这些人数目虽然不少，可是散着不能办事，还得组织一下。到人家进步的地方，早就有组织起来的工农妇青各救会，你们这里因为一切大权都在恶霸手里，什么组织也没有。依我说咱们明天先把农救会组织起来，就用农救会出面跟他们说理。咱们只要按法令跟他说，他们使的黑钱、押地、多收了人家的租子，就都得退出来。他要无理混赖，现在的政府可不像从前的衙门，不论他是多么厉害的人，犯了法都敢治他的罪！"小保道："这农救会该怎么组织？"老杨同志就把《会员手册》取出来，给大家把会员的权利、义务、入会资格、组织章程等大概讲了一些，然后向大家道："我看现在很好组织，只要说组织起来能打倒恒元那一派，再不受他们的压迫，管保愿意参加的人不少！"小保道："那么明天你就叫村公所召开个大会，你把这道理先给大家宣传宣传，就叫大家报名参加，咱们就快快组织起来干！"老杨同志道："那办法使不得！"小保道："从前章工作员就是那么做的，不过后来没有等大家报名，不知道怎样老得贵就成了主席了！"老杨同志道："所以我说那办法使不得。那办法还不只是没有人报名，一来在那种大会上讲话，只能笼统讲，不能讲得很透彻；二来既然叫大家来报名，像与恒元有关系那些人想报上名给恒元打听消息，可该收呀不收？我说不用那样做，你们有两个人会编歌，就把'入了农救会能怎样怎样'编成个歌传出去，凡是真正受压迫的人听了，一定有许多人愿意入会，然后咱们出去几个人跟他们每个人背地谈谈，愿意入会的就介绍他入会。这样组织起来的会，一来没有恒元那一派的人，二来入会以后都知道会是做什么的。"大家齐声道："这样好，这样好！"小保道："那么就请有才老叔今天黑夜把歌编成，编成了只要念给小顺，不到明天晌午就能传遍。"老杨同志道："这样倒很快，不过还得找几个人去跟愿意入会的人谈话，然后介绍他们入会。"小福道："小明叔交人很宽，只要出去一转还不是一大群？"老杨同志道："我说老槐树底有能人你们看有没有？"正说着，小顺跑进来道："站了一会岗又调查出事情来了！广聚、小元、马凤鸣、启昌，都往恒元家里去了，人家恐怕也有什么布置。我到他门口看看，门关了，什么也听不见！"老杨同志道："听不见由他去吧！咱们谈咱们的。你们这几个人算是由我介绍先入了会，明天你们就可以介绍别人。天气不早了，咱们散了吧！"说了就散了。

九 斗争大胜利

自从老杨同志这天后晌碰了广聚一顿，晚上又把有才叫回，又取消张得贵的农会主席，就有许多人十分得意，暗暗道："试试！假大头也有不厉害的时候？"第二天早上，这些人都想看看老杨同志是怎么一个人，因此吃早饭时候，端着碗来老槐树底的特别多。有才应许下的新歌，夜里编成，一早起来就念给小顺了，小顺就把这歌传给大家。歌是这样念：

> 入了农救会，力量大几倍，
> 谁敢压迫咱，大家齐反对。
> 清算老恒元，从头算到尾；
> 黑钱要他赔，押地要他退；
> 减租要认真，一颗不许昧。
> 干部不是人，都叫他退位；
> 再不吃他亏，再不受他累。
> 办成这些事，痛快几百倍，
> 想要早成功，大家快入会！

提起反对老恒元，阎家山没有几个不赞成的，再说到能叫他赔黑款，退押地……大家的劲儿自然更大了，虽然也有许多怕得罪不起人家不敢出头的，可是仇恨太深，愿意干的究竟是多数。还有人说："只要能打倒他，我情愿再贴上几亩地！"他们听了这入会歌，马上就有二三十个入会的，小保就给他们写上了名。山窝铺的佃户们，无事不到村里来。老杨同志道："谁可以去组织他们？"
有才道："这我可以去！我常在他们山上放牛，跟他们最熟。"
打发有才上了山，小明就到村里去活动，不到晌午就介绍了五十五
个会员。小明向老杨同志道："依我看来，凡是敢说敢干的，差不
多都收进来了；还有些胆子小的，虽然也跟咱是一气，可是自己又
不想出头，暂且还不愿参加。"老杨同志道："不少，不少！这么
大个小村子，马上说话马上能组织起五十多个人来，在我作过工作
的村子里，这还算第一次遇到。从这件事上看，可以看出一般人对
他们仇恨太深，斗起来一定容易胜利！事情既然这么顺当，咱们晚
上就可以开个成立大会，选举出干部，分开小组，明天就能干事。
这村里这么多的问题，区上还不知道，我可以连夜回区上一次，请
他们明天来参加群众大会。"正说着，有才回来了，有几家佃户也
跟着来了。佃户们见了老杨同志，先问："要是生起气来，人家要
夺地该怎么办？"老杨同志就把法令上的永佃权给他们讲了一遍，
叫他们放心。小明道："山上人也来了，我看就可以趁着晌午开个
会。"老杨同志道："这样更好！晌午开了会，赶天黑我还能回到
区上。"小明道："这会咱们到什么地方开？"老杨同志道："介
绍会员不叫他们知道，是怕那些坏家伙混进来；开成立大会可不跟
他们偷偷摸摸，到大庙里成立去！"吃过了午饭，庙里的大会开
了，选举的结果，小保、小明、小顺当了委员。三个人一分工，小
保担任主席，小明担任组织，小顺担任宣传。选举完了，又分了小
组，阎家山的农救会就算正式成立。

老杨同志向新干部们道："今天晚上，可以通知各小组，大
家搜集老恒元的恶霸材料。"小顺道："我看连广聚、马凤鸣、张
启昌、陈小元的材料都可以搜集。"老杨同志道："这不大妥当。
马凤鸣、张启昌不是真心顾老恒元的人，照你们昨天谈的，这两个
人有时候也反对恒元。咱们找个跟他说得来的人去给他说明利害关
系，至少斗起恒元来他两人能不说话。小元他原来是你们招呼起来

的人，只要恒元一倒，还有法子叫他变过来。把这些人暂且除过，只把劲儿用在恒元跟广聚身上，成功要容易得多。"老杨同志把这道理说完，然后叫他们多布置几个能说会道的人，预备在第二天的大会上提意见。

安顿停当，老杨同志便回到区公所去。他到区上把在阎家山发现的问题大致一谈，区救联会、武委会主任、区长，大家都莫名其妙，章工作员三番五次说不是事实。最后还是区长说："咱们不敢主观主义，不要以为咱们没有发现问题就算没有问题。依我说咱们明天都可以去参加这个会去，要真有那么大问题，就是在事实上整了我们一次风。"

老恒元也生了些鬼办法：除了用家长资格拉了几户姓阎的，又打发得贵向农救会的个别会员们说："你不要跟着他们胡闹！他们这些工作人员，三天调了五天换了，老村长是永远不离阎家山的，等他们走了你还出得了老村长的手心吗？"果然有几个人听了这话，去找小明要退出农救会，小明急了，跟小保小顺们商议。小顺道："他会说咱也会说，咱们再请有才老叔编上个歌，多多写几张把村里贴满，吓他一吓！"有才编了个短歌，连编带写，小保也会写，小顺、小福管贴，不大一会就把事情办了，连老恒元门上也贴了几张。第二天早上，满街都有人在墙上念歌：

> 工作员，换不换，
> 农救会，永不散，
> 只要你恒元不说理，
> 几时也要跟你干！

这样才算把得贵的谣言压住。

吃过早饭，老杨同志跟区长、救联主席、武委会主任、章工作员一同来了，一来就先到老槐树底蹓了一趟，这一着是老恒元、广聚们没有料到的，因此马上慌了手脚。

群众大会开了，恒元的违法事实，大家一天也没有提完。起先提意见的还只是农救会人，后来不是农救会人也提起意见了。恒元最没法巧辩的是押地跟不实行减租，其余捆人、打人、罚钱、吃烙饼……他虽然想尽法子巧辩，只是证据太多，一条也辩不脱。

第二天仍然继续开会，直到晌午才算开完。斗争的结果老恒元把八十四亩押地全部退回原主，退出多收了的租，退出有证据的黑钱。因为私自减了喜富的赔款，刘广聚由区公所撤职送县查办。喜富的赔款仍然如数赔出。在斗争时候，自然不能十分痛快，像退押契、改租约……也费了很大周折，不过这种斗争，人们差不多都见过，不必细叙。

吃过午饭，又选村长。这次的村长选住了小保，因此农救会又补选了委员。因为斗争胜利，要求加入农救会的人更多起来，经过了审查，又扩充了四十一个新会员。其余村政委员，除了马凤鸣跟张启昌不动外，老恒元父子也被大家罢免了另行选过。

选举完了，天也黑了，区干部连老杨同志都住在村公所。因为村里这么大问题章工作员一点也不知道，还常说老恒元是开明士绅，大家就批评了他一次。老杨同志指出他不会接近群众，一来了就跟恒元们打热闹，群众有了问题自然不敢说。其余的同志，也有说是"思想意识"问题或"思想方法"问题的，叫章同志作一番比较长期的反省。

批评结束了，大家又说起闲话，老杨同志顺便把李有才这个人介绍了一下，大家觉着这人很有趣，都说明天早上去访一下。

十 "板人"作总结

　　老杨同志跟区干部们因为晚上多谈了一会儿话，第二天醒得迟了一点。他们一醒来，听着村里地里到处喊叫，起先还以为出了什么事，仔细一听，才知道是唱不是喊。老杨同志是本地人，一听就懂，便向大家道："你们听老百姓今天这股高兴劲儿！'干梆戏'唱得多么喧！"（这地方把不打乐器的清唱叫"干梆戏"。）

　　正说着，小顺唱着进公所来。他跳跳跶跶向老杨同志跟区干部们道："都起来了？昨天累了吧？"看神气十分得意。老杨同志问道："这场斗争老百姓觉着怎样？"小顺道："你就没有听见'干梆戏'？真是天大的高兴，比过大年高兴得多啦！地也回来了，钱也回来了，吃人虫也再不敢吃人了，什么事有这事大？"老杨同志道："李有才还在家吧？"小顺道："在！他这几天才回来没有什么事，叫他吧？"老杨同志道："不用！我们一早起好到外边蹓一下，顺路就蹓到他家了！"小顺道："那也好！走吧！"小顺领着路，大家就往老槐树底来。

　　才下了坡，忽然都听得有人吵架。区长问道："这是谁吵架？"小顺道："老陈骂小元啦！该骂！"区干部们问起底细，小顺道："他本来是老槐树底人，自己认不得自己，当了个武委会主任，就跟人家老恒元打成一伙，在庙里不下来。这两天斗争起老恒元来了，他没处去，仍然回到老槐树底。老陈是他的叔父，看不上他那样子，就骂起他来。"区干部们听老杨同志说过这事，所以区武委会主任才也来了。区武委会主任道："趁斗倒了恒元，批评他一下也是个机会。"大家本是出来闲找有才的，遇上了比较正经的事自然先办正经事，因此就先往小元家。老陈正骂得起劲，见他们来了，就停住了骂，把他们招呼进去。武委会主任也不说闲话，直截了当批评起小元来，大家也接着提出些意见，最后的结论分三条：第一是穿衣吃饭跟人家恒元们学样，人家就用这些小利来拉拢自己，自己上了当还不知道；第二是不生产、不劳动，把劳动当成丢人事，忘了自己的本分；第三是借着一点小势力就来压迫旧日的患难朋友。区武委会主任最后等小元承认了这些错误，就向他道："限你一个月把这些毛病完全改过，叫全村干部监视着你。一个月以后倘若还改不完，那就没有什么客气的了！"老陈听完了他们的话，把膝盖一拍道："好老同志们！真说得对！把我要说他的话全说完了！"又回头向小元道："你也听清楚了，也都承认过了！看你做的那些事以后还能见人不能？"老杨同志道："这老人家也不要那样生气！一个人做了错，只要能真正改过，以后仍然是好人，我们仍然以好同志看他！从前的事情已经过去了，尽责备他也无益，我看以后不如好好帮助他改过，你常跟他在一处，他的行动你都可以知道，要是见他犯了旧错，常常提醒他一下，也就是帮助了他了……"

谈了一会儿，已是吃早饭时候，老杨同志跟区干部们就从小元家里走出。他们路过老秦门口，冷不防见老秦出来拦住他们，跪在地下咕咚咕咚磕了几个头道："你们老先生们真是救命恩人呀！要不是你们诸位，我的地就算白白押死了……"老杨同志把他拉起来道："你这老人家真是认不得事！斗争老恒元是农救会发动的，说理时候是全村人跟他说的，我们不过是几个调解人。你的真恩人是农救会，是全村民众，哪里是我们？依我说你也不用找人谢恩，只要以后遇着大家的事靠前一点，大家是你的恩人，你也是大家的恩人……"老秦还要让他们到家里吃饭，他们推推让让走开。

李有才见小顺说老杨同志跟区干部们找他，所以一吃了饭，取起他的旱烟袋就往村公所来。从他走路的脚步上，可以看出比哪一天也有劲。他一进庙门，见区村干部跟老杨同志都在，便道："找我吗？我来了！"小保道："这老叔今天也这么高兴？"有才道："十五年不见的老朋友，今天回来了，怎能不高兴？"小明想了一想问道："你说的是个谁？我怎么想不起来？"有才道："一说你就想起来了！我那三亩地不是押了十五年了吗？"他一说大家都想起来了，不由得大笑了一阵。

老杨同志向有才道："最好你也在村里担任点工作干，你很有才干，也很热心！"小明道："当个民众夜校教员还不是呱呱叫？"大家拍手道："对！对！最合适！"

老杨同志向有才道："大家想请你把这次斗争编个纪念歌好不好？"有才道："可以！"他想了一会，向大家道："成了成了！"接着念道：

> 阎家山，翻天地，
> 群众会，大胜利。
> 老恒元，泄了气，
> 退租退款又退地。
> 刘广聚，大舞弊，
> 犯了罪，没人替。
> 全村人，很得意，
> 再也不受冤枉气，
> 从村里，到野地，
> 到处唱起"干梆戏"。

大家听他念了，都说不错，老杨同志道："这就算这场事情的一个总结吧！"

谈了一小会，区干部回区上去了，老杨同志还暂留在这一带突击秋收工作，同时在工作中健全各救会组织。

1943年10月写于太行

李家庄的变迁

一

李家庄有座龙王庙,看庙的叫"老宋"。老宋原来也有名字,可是因为他的年纪老,谁也不提他的名字;又因为他的地位低,谁也不加什么称呼,不论白胡老汉,不论才会说话的小孩,大家一致都叫他"老宋"。

抗战以前的八九年,这龙王庙也办祭祀,也算村公所;修德堂东家李如珍也是村长也是社首,因此老宋也有两份差——是村警也是庙管。

庙里挂着一口钟,老宋最喜欢听见钟响。打这钟也有两种意思:若是只打三声(往往是老宋亲自打),就是有人敬神;若是不住乱打,就是有人说理。有人敬神,老宋可以吃上一份献供;有人说理,老宋可以吃一份烙饼。

一天,老宋正做早饭,听见庙门响了一声,接着就听见那口钟当当当地响起来。隔着竹帘子看,打钟的是本村的教书先生春喜。

春喜,就是本村人,官名李耀唐,是修德堂东家的本家侄儿。前几年老宋叫春喜就是"春喜",这会春喜已经二十好几岁了,又在中学毕过业,又在本村教小学,因此也叫不得"春喜"了。可是一个将近六十岁的老汉,把他亲眼看着长大了的年轻后生硬叫成"先生",也有点不好意思。老宋看见打钟的是他,一时虽想不起该叫他什么,可是也急忙迎出来,等他打罢了钟,向他招呼道:"屋里坐吧!你跟谁有什么事了?"

春喜对他这招待好像没有看见,一声不哼走进屋里向他下命令道:"你去报告村长,就说铁锁把我的桑树砍了,看几时给我说！"老宋去了。等了一会，老宋回来说："村长还没有起来。村长说今天晌午开会。"春喜说："好！"说了站起来，头也不回就走了。

老宋把饭做成，盛在一个串门大碗（就是一碗可以吃饱的大碗）里，端在手里，走出庙来，回手锁住庙门，去通知各项办公人员和事主。他一边吃饭一边找人，饭吃完了人也找遍了，最后走到福顺昌杂货铺，通知了掌柜王安福，又取了二十斤白面回庙里去。这二十斤面，是准备开会时候做烙饼用的。从前没有村公所的时候，村里人有了事是请社首说理。说的时候不论是社首、原被事主、证人、庙管、帮忙，每人吃一斤面烙饼，赶到说完了，原被事主，有理的摊四成，没理的摊六成。民国以来，又成立了村公所；后来阎锡山整理村范，又成立了息讼会，不论怎样改，在李家庄只是旧规添上新规，在说理方面，只是烙饼增加了几份——除社首、事主、证人、帮忙以外，再加上村长副、闾邻长、调解员等每人一份。

到了晌午，饼也烙成了，人也都来了，有个社首叫小毛的，先给大家派烙饼——修德堂东家李如珍是村长又是社首，李春喜是教员又是事主，照例是两份，其余凡是顶两个名目的也都照例是两份，只有一个名目的照例是一份。不过也有不同，像老宋，他虽然也是村警兼庙管，却照例又只能得一份。小毛自己虽是一份，可是村长照例只吃一碗鸡蛋炒过的，其余照例是小毛拿回去了。照例还得余三两份，因为怕半路来了什么照例该吃空份子的人。

吃过了饼，桌子并起来了，村长坐在正位上，调解员是福顺昌掌柜王安福，靠着村长坐下，其余的人也都依次坐下。小毛说："开腔吧，先生！你的原告，你先说！"

春喜说："好，我就先说！"说着把椅子往前一挪，两只手互相把袖口往上一摸，把脊梁骨挺得直撅撅地说道："张铁锁的南墙外有我一个破茅厕……"

铁锁插嘴道："你的？"

李如珍喝道：“干什么？一点规矩也不懂！问你时候你再说！”回头又用嘴指了指春喜：“说吧！”

春喜接着道：“茅厕旁边有棵小桑树，每年的桑叶简直轮不着我自己摘，一出来芽就有人摘了。昨天太阳快落的时候，我家里（老婆）去这桑树下摘叶，张铁锁女人说是偷他们的桑叶，硬拦住不叫走，恰好我放学回去碰上，说了她几句，她才算丢开手，本来我想去找张铁锁，叫他管教他女人，后来一想，些小事走开算了，何必跟她一般计较，因此也没有去找他。今天早上我一出门，看见桑树不在了，我就先去找铁锁。一进门我说：‘铁锁！谁把茅厕边那小桑树砍了？’他老婆说：‘我！’我说：‘你为什么砍我的桑树？’她说：‘你的？你去打听打听是谁的！’我想我的东西还要去打听别人？因此我就打了钟，来请大家给我问问他。我说完了，叫他说吧！看他指什么砍树。”

李如珍用嘴指了一下铁锁：“张铁锁！你说吧！你为什么砍人家的树？”

铁锁道：“怎么你也说是他的树？”

李如珍道：“我还没有问你你就先要问我啦是不是？你们这些外路人实在没有规矩！来了两三辈了还是不服教化！”

小毛也教训铁锁道：“你说你的理就对了，为什么先要跟村长顶嘴？”

铁锁道：“对对对，我说我的理。这棵桑树也不是我栽的，是它自己出的，不过长在我的茅墙边，总是我的吧？可是哪一年也轮不到我摘叶子，早早地就被人家偷光了……”

李如珍道：“简单些！不要拉那么远！”

铁锁道：“他拉得也不近！”

小毛道：“又顶起来了！你是来说理来了呀，是来顶村长来了？”

铁锁道：“你们为什么不叫我说话？”

福顺昌掌柜王安福道："算了算了！怨咱们社首说不了事情。我看双方的争执在这里，就是这茅厕究竟该属谁。我看这样子吧！耀唐，你说这茅厕是你的，你有什么凭据？"

春喜道："我那是祖业，还要什么凭据？"

王安福又向铁锁道："铁锁你啦？你有什么凭据？"

铁锁道："连院子带茅厕，都是他爷爷手卖给我爷爷的，我有契纸。"说着从怀里取出契纸来递给王安福。

大家都围拢着看契，李如珍却只看着春喜。

春喜道："大家看吧！看他契上是一个茅厕呀，是两个茅厕！"

铁锁道："那上边自然是一个！俺如今用的那个，谁不知道是俺爹新打的？"

李如珍道："不是凭你的嘴硬啦！你记得记不得？"

铁锁道："那是三十年前的事，我现在才二十岁，自然记不得。可是村里上年纪的人多啦！咱们请出几位来打听一下！"

李如珍道："怕你嘴硬啦？还用请人？我倒五十多了，可是我就记不得！"

小毛道："我也四十多了，自我记事，那里就是两个茅厕！"

铁锁道："小毛叔！咱们说话都要凭良心呀！"

李如珍翻起白眼向铁锁道："照你说是大家打伙诓你啦，是不是？"

铁锁知道李如珍快撒野了，心里有点慌，只得说道："那我也不敢那么说！"

窗外有个女人抢着叫道："为什么不敢说？就是打伙诓人啦！"只见铁锁的老婆二妞当当当跑进来，一手抱着个孩子，一手指划着，大声说道："你们五十多的记不得，四十多的记得就是两个茅厕，难道村里再没有上年纪的人，就丢下你们两个了？……"

李如珍把桌子一拍道："混蛋！这样无法无天的东西！滚出去！老宋！撵出她！"

二妞道："撵我呀？贼是我捉的，树也是我砍的，为什么不叫我说话？"

李如珍道："叫你来没有？"

二妞道："你们为什么不叫我？哪有这说理不叫正头事主的？"

小毛道："家有千口，主事一人。有你男人在场，叫你做什么？走吧走吧！"说着就往外推她。

二妞把小毛的手一拨道："不行！不是凭你的力气大啦！贼是我捉的，树是我砍的！谁杀人谁偿命！该犯什么罪我都领，不要连累了我的男人。"

在窗外听话的人越挤越多，都暗暗点头，还有些人交头接耳说："二妞说话把理！"

正议论间，又从庙门外走进个人来，有二十多岁年纪，披着一头短发，穿了件青缎夹马褂，手里提了根藤条手杖。人们一见他，跟走路碰上蛇一样，不约而同都吸了一口冷气，给他让开了一条路。这人叫小喜，也是李如珍的本家侄子，当年也是中学毕业，后来吸上了金丹，就常和邻近的光棍们来往，当人贩、卖寡妇、贩金丹、挑词讼……无所不为，这时又投上三爷的门子，因为三爷是阎锡山的秘书长的堂弟，小喜抱上这条粗腿，更是威风凛凛，无人不怕。他一进去，正碰着二妞说话，便对二妞发话道："什么东西唧唧喳喳的！"

除了村长是小喜的叔父，别的人都站起来赔着笑脸招呼小喜，可是二妞偏不挨他的骂，就顶他道："你管得着？你是公所的什么人？谁请的你？……"

二妞话没落音，小喜劈头就是一棍道："滚你妈的远远的！反了你！草灰羔子！"

小毛拦道："继唐（小喜的官名）！不要跟她一般计较！"又向二妞道："你还不快走？"

二妞并不哭，也不走，挺起胸膛向小喜道："你杀了我吧！"

小喜抢转棍子狠狠又在二姐背上打了两棍道："杀了你又有什么事？"把小孩子的胳膊也打痛了，小孩子大哭起来。

窗外边的人见势头不对，跑进去把二姐拉出来了。二姐仍不服软，仍回头向里边道："只有你们活的了！外来户还有命啦？"别的人低声劝道："少说上句吧！这时候还说什么理？你还占得了他的便宜呀？"

村长在里边发话道："闲人一概出去！都在外边乱什么？"

小毛揭起帘子道："你们就没有看见庙门上的虎头牌吗？'公所重地，闲人免进'。你们乱什么？出去！"

窗外的人们也只得掩护二姐走出去。

小毛见众人退出，赶紧回头招呼小喜："歇歇，继唐！老宋！饼还热不热了？"

老宋端过一盘烙饼来道："放在火边来，还不很冷！"说着很小心地放在小喜跟前。

小喜也不谦让，抓起饼子吃着，连吃带说："我才从三爷那里回来。三爷托我给他买一张好条几，不知道村里有没有？"

小毛道："回头打听一下看吧，也许有！"

李如珍道："三爷那里很忙吗？"

"忙，"小喜嘴里嚼着饼子，连连点头说，"事情实在多！三爷也是不想管，可是大家找得不行！凡是县政府管不了的事，差不多都找到三爷那里去了。"老宋又端着汤来，小喜接过来喝了两口，忽然看见铁锁，就放下碗向铁锁道："铁锁！你那女人你可得好好管教管教啦！你看那像个什么样子？唧唧喳喳，一点也不识羞！就不怕别人笑话？"

铁锁想："打了我老婆，还要来教训我，这成什么世界？"可是势头不对，说不得理，也只好不做声。

停了一会，小喜的汤也快喝完了，饼子还没有吃到三分之一。福顺昌掌柜王安福向大家提道："咱们还是说正事吧！"

小喜站起来道："你们说吧！我也摸不着，我还要给三爷买条几去！"

小毛道："吃了再去吧！"

小喜把盘里的饼一卷，捏在手里道："好，我就拿上！"说罢，拿着饼子，提起他的藤条手杖，匆匆忙忙地走了。

王安福接着道："铁锁！你说你现在用的那个茅厕是你父亲后来打的，能找下证人不能？"

铁锁道："怎么不能？你怕俺邻家陈修福老汉记不得啦？"

春喜道："他不行！一来他跟你都是林县人，再者他是你女人的爷爷，是你的老丈爷，那还不是只替你说话？"

铁锁道："咱就不找他！找杨三奎吧？那可是本地人！"

春喜道："那也不行！白狗是你的小舅，定的是杨三奎的闺女，那也有亲戚关系。"

铁锁道："这你难不住我！咱村的老年人多啦！"随手指老宋道："老宋也五六十岁了，跟我没有什么亲戚关系吧？"

小毛拦道："老宋他是个穷看庙的，他知道什么？你叫他说说他敢当证人不敢？老宋！你知道不知道？"

老宋自然记得，可是他若说句公道话，这个庙就住不成了，因此他只好推开："咱从小是个穷人，一天只顾弄着吃，什么闲事也不留心。"

李如珍道："有契就凭契！契上写一个不能要人家两个，还要找什么证人？村里老年人虽然多，人家谁也不是给你管家务的！"

小毛道："是这样吧！我看咱们还是背场谈谈吧！这样子结不住口。"

大家似乎同意，有些人就漫散开来交换意见。小毛跟村长跟春喜互相捏弄了一会手码，王安福也跟间邻长们谈了一谈事情的真相。后来小毛走到王安福跟前道："这样吧！他们的意思，叫铁锁包赔出这么个钱来！"说着把袖口对住王安福的袖口一捏，接着道："你看怎么样？"

王安福悄悄道："说真理，他们卖给人家就是这个茅厕呀！人家用的那一个，真是人家老张木匠（铁锁的爹）在世时候打的。我想这你也该记得！"

小毛道："那不论记得不记得，那样顶真，得罪的人就多了。你想，村长、春喜，意思都是叫他包赔几个钱。还有小喜，不说铁锁，我也惹不起人家呀！"

王安福没有答话，只是摇头。闾邻长们也不敢作什么主张，都是看看王安福，看看村长，看看小毛，直到天黑也没说个结果，就都回家吃饭去了。

晚上，老宋又到各家叫人，福顺昌掌柜王安福说是病了，没有去。其余的人，也有去的，也有不去的。大家在庙里闷了一会，村长下了断语：茅厕是春喜的，铁锁砍了桑树包出二百块钱（现洋）来，吃烙饼和开会的费用都由铁锁担任，叫铁锁讨保出庙。

二

陈修福老汉当保人，保证铁锁一月以后还钱，才算放铁锁出了庙。铁锁气得抬不起头来，修福老汉拉着胳膊把他送到家。他一回去，一头睡在床上放声大哭，二妞问他，他也说不出话来，修福老汉也劝不住。一会，邻家们也都听见了，都跑来问询，铁锁仍哭得说不出话来，修福老汉才把公所处理的结果一件件告诉大家说："茅厕说成人家的了，还叫包人家二百块钱，再担任开会的花费。"铁锁听老汉又提起来，哭得更喘不过气来，邻家们人人摇头，二妞听了道："他们说得倒体面！"咕咚一声把孩子放在铁锁跟前道："给你孩子，这事你不用管！钱给他出不成！茅厕也给他丢不成！事情是我闯的，就是他，就是我！滚到哪里算哪里，反正是不得好活！"一边说，一边跳下床就往外跑，邻家们七八个人才算把她拖住。小孩在炕上直着嗓子号，修福老汉赶紧抱起来。

大家分头解劝，劝得二妞暂息了怒，铁锁也止住了哭。杨三奎向修福老汉道："太欺人！不只你们外路人，就是本地人也活不了。你看村里一年出多少事，哪一场事不是由着人家捏弄啦？实在没法！"

内中有个叫冷元的小伙子跳起来叫道："铁锁！到哪个崖头路边等住他，你不敢一镢头把他捣下沟里？"

杨三奎道："你们年轻人真不识火色（不识时机的意思）！人家正在气头上啦，说那些冒失话抵什么事？"说得冷元又蹲下去了。年轻人们指着冷元笑道："冷家伙，冷家伙！"

闷了一小会，修福老汉道："我看可以上告他！就是到县里把官司打输了，也要比这样子了场合算。"

杨三奎道："那倒可以！到县里他总不能只说一面理，至少也要问一问证人。"

冷元道："这事真气死人！可惜我年纪小记不得，要不我情愿给你当证人！"

杨三奎道："你年纪小，有大的！"有几个三四十岁的人七嘴八舌接着说："铁锁他爹打茅厕这才几天呀？三十以上的人差不多都记得！""你状上写谁算谁，谁也可以给你证明。""多写上几个！哪怕咱都去啦！"

二姐向铁锁道："胖孩爹！咱就到县里再跟他滚一场！任凭把家当花完也不能叫便宜了他们爷们！"又向修福老汉道："爷爷！你不是常说咱们来的时候都是一筐一担来的吗？败兴到底咱也不过一筐一担担着走，还落个够大！怕什么？"

正说话间，二姐的十来岁的小弟弟白狗，跑进来叫道："姐姐！妈来了！"二姐正起来去接，她妈已经进来了。她妈悄悄道："你们正说什么？"冷元抢着大声道："说告状！"二姐她妈摆手道："人家春喜媳妇在窗外听啦！"大家都向窗上看。二姐道："听她听罢，她能堵住我告状？"

大家听说有人听，也就不多说了，都向二姐她妈说："你好好劝劝她吧。"说着也就慢慢散去。

李如珍叔侄们回去，另是一番气象：春喜、小喜、小毛，都集中在李如珍的大院里，把黑漆大门关起来庆祝胜利。晌午吃过烙饼，肚子都很不饿，因此春喜也就不再备饭，只破费了十块现洋买了一排金丹棒子作为礼物。

李如珍的太谷烟灯和宜兴磁烟斗，除了小毛打发他过了瘾以后可以吸口烟灰，别人是不能借用的，因此春喜也把他自己的烟家伙拿来。李如珍住的屋子分为里外间，里间的一盏灯下，是小毛给李如珍打泡，外间的一盏灯下，睡的是春喜和小喜弟兄两个。里间不热闹，因为李如珍觉着小毛只配烧烟，小毛也不敢把自己身份估得过高，也还有些拘束，因此就谈不起话来。小毛把金丹棒子往斗上粘一个，李如珍吸一个，一连吸了七八个以后，小毛把斗里烟灰挖出，重新再往上粘。又吸了七八个，小毛又把灰挖出来，把两次的灰合并起来烧着，李如珍便睡着了。等到小毛打好了泡，上在斗上，把烟枪杆向他口边一靠，他才如梦初醒，衔住枪杆吸起来。

外间的一盏灯下虽然也只有小喜和春喜两个人，可是比里间热闹得多，他们谈话的材料很多：起先谈的是三爷怎样阔气，怎样厉害；后来又谈到谁家闺女漂亮，哪个媳妇可以；最后才谈到本天的胜利。他们谈起二妞，春喜说："你今天那几棍打得真得劲！我正想不出办法来对付她，你一进去就把事情解决了。"小喜道："什么病要吃什么药！咱们连个草灰媳妇也斗不了，以后还怎么往前闯啦？老哥！你真干不了！我看你也只能教一辈子书。"春喜道："虽说是个草灰媳妇，倒是个有本领的。很精干！……"小喜摇头道："嘘……我说你怎么应付不了她，原来是你看到眼里了呀？"说着用烟签指着春喜鼻子道："叫老嫂听见怕不得跪半夜啦？没出息没出息！没有见过东西！一个小母草灰就把你迷住了！"春喜急得要分辩，也找不着一句适当的话。小喜把头挺在枕头后边哈哈大笑起来，春喜没法，也只好跟着他笑成一团。就在这时，李如珍在里间喊道："悄悄！听听是谁打门啦？"他两个人听说，都停住了笑，果然又听得门环啪啪的连响了几声。

小毛跑出院里问道："谁？"外边一个女人声音答道："我！开开吧！"小喜听出是春喜媳妇的声音，又笑向春喜道："真是老嫂找来了！"小毛开了门，春喜媳妇进来了。春喜问："什么事？"春喜媳妇低声道："你去听听人家二妞在家说什么啦？"一提二妞，小喜又指着春喜人笑起来，春喜也跟着笑。春喜媳妇摸不着头脑，忙问："笑什么？"小喜道："这里有个谜儿，你且不用问。你先说说你听见二妞说什么来？"春喜媳妇坐在小喜背后，两肘按着小喜的腰，面对着春喜，把冷元怎样说冒失话，二妞怎样说要破全部家当到县里告状，详详细细谈了一遍。春喜还未答话，小喜用手一推道："回去吧回去吧！没有事！她告到县里咬得了谁半截？到崖头上等，问问他哪个是有种的？"春喜也叫他媳妇回去，媳妇走了。小毛又去把大门关住，小喜仍然吹他的大话。

李如珍在里间拉长了声音轻轻叫道："喜！——来！——"小喜进去了。小毛一见小喜，赶紧起来让开铺子叫他躺，自己坐到床边一个凳子上，听他们谈什么事。李如珍看了小毛一眼，随手拈起三四个金丹棒子递给他道："你且到外边躺一会。"小毛见人家不叫他听，也只好接住棒子往外间来吸。

小毛吸了第一遍，正烧着灰，小喜就出来了。他一见小喜出来，自然又不得不起来再让小喜躺下。小喜向春喜道："老哥！叔叔说那东西真要想去告状还不能不理。"小毛站在一边接话道："那咱也得想个办法呀！"小喜见小毛还在旁边，后悔自己不该说了句软话，就赶紧摆足架子答道："那自然有办法！"春喜道："扯淡！一个小土包子，到县里有他的便宜呀？"小喜看了小毛一眼道："你还到里边去吧！"小毛又只得拿上他的金丹灰回里间去。小喜等他去后，低声向春喜道："自然不是怕官司上吃了他的亏！叔叔说不可叫他开这个端。不论他告得准告不准，旁人说起来，一个林县草灰告过咱一状，那总是一件丢脸的事。"春喜道："那咱也不能托人去留他呀？"小喜道："什么东西？还值得跟他那样客气？想个法叫他告不成就完了！"春喜道："想个什么法？"小喜道："不怕！有三爷！明天一早我就找三爷去。"

这天晚上，也不知他们吸到什么时候才散。

第二天早上小喜去找三爷去，铁锁忙着借钱准备告状。阴历四月庄稼人一来很忙，二来手头都没有钱，铁锁跑来跑去，直跑到晌午，东一块，西五毛，好容易才凑了四五块钱。二妞在家也忙着磨面蒸窝窝，给铁锁准备进城的干粮。

晌午，铁锁和二妞正在家吃饭，小喜领了一个人进来，拿着绳，把铁锁的碗夺了，捆起来。二妞道："做什么！他又犯下什么罪了？"小喜道："不用问！也跑不了你！"说着把二妞的孩子夺过来丢在地上，把二妞也捆起来。村里人正坐在十字街口吃饭，见小喜和一个陌生的人拿着绳子往铁锁院里去，知道没有好事。杨三奎、修福老汉、冷元……这几个铁锁的近邻，就跟着去看动静。他们看见已经把铁锁两口捆起来，小孩子爬在地上哭，正预备问问为什么，只见小喜又用小棍子指着冷元道："也有他！捆上捆上！"那个陌生人就也把冷元捆住。

两个人牵着三个人往外走，修福老汉抱起小孩和大家都跟了出来。街上的人，有几个胆小的怕连累自己，都走开了；其余的人跟在后面，也都想不出挽救的办法。二妞的爹娘和兄弟、冷元的爹娘也半路追上来跟着走。大家见小喜和他引来的那个人满脸凶气，都搭不上茬，只有修福老汉和冷元的爹绕着小喜，一边走，一边苦苦哀求。

小喜把人带到庙里，向老宋道："请村长去！"老宋奉命去了。

修福老汉央告小喜道："继唐！咱们都是个邻居，我想也没有什么过不去的事。他们年轻人有什么言差语错，还得请你高高手，担待着些。"

小喜道："这事你也清楚！他们一伙人定计，要到崖头路边谋害村长。村长知道了，打发我去找三爷。我跟三爷一说，三爷说'这是响马举动，先把他们捆来再说'，听说人还多，到那里一审你怕不知道还有谁啦？"

二妞听了道："我捉了一回贼就捉出事来了，连我自己也成了响马了！看我杀了谁了，抢了谁了？"

小喜道："你听！硬响马！我看你硬到儿时？"

修福老汉道："这闺女！少说上句吧！"

李如珍来了，小毛也跟在后边。小喜向李如珍道："三爷说叫先把人捆去再说。你先拨几个保卫团丁送他们走。"

修福老汉看见事情急了，把孩子递给他孙孙白狗，拉了小毛一把道："我跟你说句话！"小毛跟他走到大门外，他向小毛道："麻烦你去跟村长跟小喜商量一下，看这事情还能在村里了一了不能？"小毛素日也摸得着小喜的脾气，知道他有钱万事休，再者如能来村里再说一场，不论能到底不能到底，自己也落不了空，至少总能吃些东西，就满口应承道："可以！我去给你探探口气！自然我也跟大家一样，只愿咱村里没事。"说着就跑到小喜面前道："继唐！来！我跟你说句话！"小喜道："说吧！"小毛又点头道："来！这里！"小喜故意装成很不愿意的样子，跟着小毛走进龙王殿去。

白狗抱着小胖孩站在二妞旁边，小胖孩伸着两只小手向二妞扑。二妞预备去摸他，一动手才想起手被人家反绑着，随着就瞪了瞪眼道："摔死他！要死死个干净！"口里虽是这么说着，眼里却滚下泪来。二妞她娘看见很伤心，一边哭一边给二妞揩泪。

小喜从龙王殿出来道："我看说不成！他们这些野草灰不见丧不掉泪，非弄到他们那地方不行！"小毛在后边跟着道："不要紧，咱慢慢说！转不动上扇转下扇，没有说不倒的事！村长！走吧，咱们跟继唐到你那里谈一谈！"小喜吩咐他带来的那个人道："你看着他们！说不好还要带他们走！"说罢同村长先走了。

小毛悄悄向修福老汉道："得先买两排棒子！"修福老汉道："我不知道哪里有卖的。"小毛道："拿二十块现洋就行，我替你买去！"修福老汉和冷元他爹齐声道："可以，托你吧！"小毛随着村长和小喜去了。

小喜说三爷那里每人得花一百五十元现洋，三个人共是四百五十元。一边讨价一边还价，小毛也做巫婆也做鬼，里边跑跑外边走走，直到晚饭时候才结了口——三爷那边，三个人共出一百五十元。给小喜和引来那个人五十元小费。铁锁和冷元两家摆酒席请客赔罪，具保状永保村长的安全。前案不动，还照昨天村公所处理的那样子了结。

定死了数目，小毛说一个不能再少了。修福老汉到庙里去跟铁锁商量，铁锁自己知道翻不过了，也只好自认晦气。二妞起先不服，后来也想不出什么办法，只好不再作主张。冷元也只是为了铁锁的事说了句淡话，钱还得铁锁出，因此也没有什么意见。修福老汉见他们应允了，才去找杨三奎和自己两个人作保，把他们三个人保出。

这一次保出来和上一次不同，春喜的钱能迟一个月，小喜却非带现钱不可。铁锁托修福老汉和杨三奎到福顺昌借钱，王安福老汉说柜上要收茧，没有钱出放，零的可以，上一百元就不行。杨三奎向修福老汉道："福顺昌不行，村里再没有道路，那就只好再找小毛，叫他去跟小喜商量，就借六太爷那钱吧！"修福老汉道："使上二百块那个钱，可就把铁锁那一点家当挑拆了呀！"杨三奎道："那再没办法，反正这一关总得过。"修福老汉又去跟铁锁商量去。

原来这六太爷是三爷的堂叔。他这放债与别家不同：利钱是月三分，三个月期满，本利全归。这种高利，在从前也是平常事，特别与人不同的是他的使钱还钱手续；领着他的钱在外边出放的经手人，就是小喜这一类人，叫作"承还保人"。使别人的钱，到期没钱，不过是照着文书下房下地，他这文书上写的是"到期本利不齐者，由承还保人作主将所质之产业变卖归还"，因此他虽没有下过人的地，可是谁也短不下他的钱。小喜这类人往外放钱的时候是八当十，文书上写一百元，实际上只能使八十元，他们从中抽使二十元。"八当十，三分利，三个月一期，到期本利还清，想再使又是八当十，还不了钱由承还保人变卖产业"——这就是六太爷放债的规矩。这种钱除了停尸在地或命在旦夕非钱不行时候，差不多没人敢使，铁锁这会就遇了这样个非使不行。

修福老汉跟铁锁一商量，铁锁也再想不出别的办法，只好托小毛去央告小喜，把他爷他爹受了两辈子苦买下的十五亩地写在文书上，使了六太爷二百五十块钱（实二百块），才算把三爷跟小喜这一头顾住。两次吃的面、酒席钱、金丹棒子钱，一共三十元，是在福顺昌借的。

第三天，请过了客，才算把这场事情结束了。

铁锁欠春喜二百元，欠六太爷二百五十元，欠福顺昌三十元，总共是四百八十元外债。

小喜在八当十里抽了五十元，又得了五十元小费，他引来那个捆人的人，是两块钱雇的，除开了那两块，实际上得了九十八元。

李如珍也不落空：小喜说三爷那里少不了一百五十元，实际上只缴三爷一百元，其余五十元归了李如珍。

小毛只跟着吃了两天好饭，过了两天足瘾。

一月之后，蚕也老了，麦也熟了，铁锁包春喜的二百元钱也到期了，欠福顺昌的三十元也该还了，使六太爷的二百五十元铁锁也觉着后怕了。他想："背利不如早变产，再迟半年，就把产业全卖了也不够六太爷一户的。"主意一定，咬一咬牙关，先把茧给了福顺昌，又粜了两石麦子把福顺昌的三十元找清；又把地卖给李如珍十亩，还了六太爷的二百五十元八当十；把自己住的一院房子给了春喜，又贴了春喜三石麦抵住二百元钱，自己搬到院门外碾道边一座喂过牲口的房子里去住。这样一来，只剩下五亩地和一座喂过牲口的房子。春喜因为弟兄们多，分到的房子不宽绰，如今得了铁锁这座院子，自是满心欢喜，便雇匠人补檐头、扎仰尘、粉墙壁、添门面，不几天把个院子修理得十分雅致，修理好了便和自己的老婆搬到里边去住。铁锁啦？搬到那座喂过牲口的房子里，光锄头犁耙、缸盆瓦罐、锅匙碗筷、箩头筐子……就把三间房子占去了两间，其余一间，中间一个驴槽，槽前修锅台，槽上搭床铺，挤得连水缸也放不下。

铁锁就住在这种房子里，每天起来看看对面的新漆大门和金字牌匾，如何能不气？不几天他便得了病，一病几个月，吃药也无效。俗语说："心病还须心药治。"后来三爷上了太原，小喜、春喜都跟着去了。有人说："县里有一百多户联名告了一状。省城把他们捉去了。"有人说："三爷的哥哥是阎锡山的秘书长，是一人之下万人之上的官，听说他在家闹得不像话，把他叫到省城关起来了。"不论怎么说，都说与三爷不利。铁锁听了这消息，心里觉着痛快了一些，病也就慢慢好起来了。

三

铁锁自从变了产害过病以后，日子过得一天不如一天，幸而他自幼跟着他父亲学过木匠和泥水匠，虽然没有领过工，可是给别人做个帮手，也还是个把式，因此他就只好背了家具到外边和别的匠人碰个伙，顾个零花销。

到了民国十九年（1920年）夏天，阎锡山部下有个李师长，在太原修公馆，包工的是跟铁锁在一块打过伙的，打发人来叫铁锁到太原去。铁锁一来听说太原工价大，二来又想打听一下三爷究竟落了个什么下场，三来小胖孩已经不吃奶了，家里五亩地有二妞满可以种得过来，因此也就答应了。不几天，铁锁便准备下干粮盘缠衣服鞋袜，和几个同行相跟着到太原去。

这时正是阎锡山自称国民革命军第三方面军出兵倒蒋打到北平的时候，因为军事上的胜利，李师长准备将来把公馆建设到北平，因此打电报给太原的管事的说叫把太原的工暂时停了。人家暂时停工，铁锁他们就暂时没事做，只得暂时在会馆找了一间房子住下。会馆的房子可以不出房钱，不凑巧的是住了四五天就不能再住了，来了个人在门外钉了"四十八师留守处"一个牌子，通知他们当天找房子搬家。人家要住，他们也只得另在外边赁了一座房子搬出去。

过了几天，下了一场雨，铁锁想起会馆的床下还丢着自己一对旧鞋，就又跑到那里去找。他一进屋门，看见屋子里完全变了样子：地扫得很光，桌椅摆得很齐整，桌上放着半尺长的大墨盒、印色盒和好多很精致的文具，床铺也很干净，上边躺着个穿着细布军服的人在那里抽鸦片烟。那个人一抬头看他，他才看见就是小喜。他又和碰上蛇一样，打了个退步，以为又要出什么事，不知该怎样才好，只见小喜不慌不忙向他微微一笑道："铁锁？我当是谁？你几时到这里？进来吧！"铁锁见他对自己这样客气还是第一次，虽然不知他真意如何，看样子是马上不至于危害自己的，况且按过去在村里处的关系，他既然叫进去，不进去是没有理由的，因此也就只好走近他的床边站下。小喜又用嘴指着烟盘旁边放的纸烟道："吸烟吧！"铁锁觉着以自己的身份，没有资格吸人家的烟，正预备客气一番，只见小喜取起一根递给他道："吸吧！"这样一来，他觉着"受宠若惊"，恭恭敬敬接住，就在烟灯上点着，靠床沿站着吸起来。他一边吸烟，一边考虑小喜为什么对他这样客气，但是也想不出个原因来。小喜虽然还是用上等人对一般人的口气，可也是亲亲热热地问长问短——问他跟谁来的，现在做什么，住在哪里，有无盘费……问完以后，知道他现在没有工作，便向他道："你们这些受苦人，闲住也住不起。论情理，咱们是个乡亲，你遇上了困难我也该照顾你一下，可是又不清楚谁家修工。要不你就来这里给我当个勤务吧？"铁锁见他说得很自己，也愿意受他的照顾，只是见他穿着军人衣服，怕跟上他当了兵，就问道："当勤务是不是当兵？"小喜见他这样问，已经猜透他的心事，便答道："兵与兵不同。这个兵一不打仗，二不调动，只是住在这里收拾收拾屋子，有客来倒个茶，跑个街道；论赚钱，一月正饷八块，有个客人打打牌，每次又能弄几块零花钱；这还不是抢也抢不到手的事吗？我这里早有好几个人来运动过，我都还没有答应。叫你来就是因为你没有事，想照顾你一下，你要不愿来也就算了。"

正说着，听见院里自行车扎扎、皮鞋脱脱脱，车一停下，又进来一个穿军服的，小喜赶快起身让座，铁锁也从床边退到窗下。那人也不谦让，走到床边便与小喜对面躺下。小喜指着铁锁向那人道："参谋长，我给咱们留守处收了个勤务！我村子里人，很忠厚！很老实！"那人懒洋洋地道："也好吧！"小喜又向铁锁道：

"铁锁！你回去斟酌一下，要来今天晚上就来，要不来也交代我一声，我好用别人！"铁锁一时虽决定不了该干不该干，可也觉着这是去的时候了，就忙答道："可以，那我就走了！"小喜并不起身相送，只向他道："好，去吧！"他便走出来了。

参谋长道："这孩子倒还精干，只是好像没有胆，见人不敢说响话。"小喜道："那倒也不见得，不过见了我他不敢怎样放肆，因为过去处的关系不同。"参谋长道："你怎么想起要用个勤务来？"小喜道："我正预备报告你！"说着先取出一包料面递给参谋长，并且又取一根纸烟，一边往上缠纸条（吸料子用的），一边向他报告道："前不大一会，有正大饭店一个伙计在街上找四十八师留守处，说是河南一个客人叫他找，最后问这里警察派出所，才找到这里来。我问明了缘由，才推他说今天这里没有负责人，叫他明天来。我正预备吸口烟到你公馆报告去，我村那个人就进来了。还没有说几句话，你就进来了。"

按他两个人的等级来说，小喜是上尉副官，而参谋长是少将。等级相差既然这么远，有什么事小喜应该马上报告，说话也应该更尊敬一些，为什么小喜还能慢腾腾地和他躺在一处，说话也那样随便呢？原来这四十八师是阎锡山准备新成立的队伍，起初只委了一个师长，参谋长还是师长介绍的，并没有一个兵，全靠师长的手段来发展。师长姓霍，当初与豫北一带的土匪们有些交道，他就凭这个资本领了师长的委任。他说："只要有名义，兵是不成问题的。"小喜也懂这一道。参谋长虽然是日本帝国大学毕业，可是隔行如隔山，和土匪们取联络便不如小喜，况且小喜又是与秘书长那个系统有关系的，因此参谋长便得让他几分。

小喜说明了没有即刻报告他的理由，见他没有说什么，就把手里粘好纸条子的纸烟递给他，让他吸料子，然后向他道："我想这个客人，一定是老霍（就是师长）去了联络好了以后，才来和咱们正式取联系的。他既然来了就住在正大饭店（这饭店是省里省外的高级官员等阔人们来了才住的），派头一定很不小，我们也得把我们这留守处弄得像个派头，才不至于被他轻看，因此我才计划找个勤务。"小喜这番话，参谋长听来头头是道，就称赞道："对！这个是十分必要的。我看不只得个勤务，门上也得有个守卫的。我那里还有几个找事的人，等我回去给你派两个来。下午你就可以训练他们一下，把咱们领来的服装每人给他发一套。"计划已定，参谋长又吸了一会料子，谈了些别的闲话，就回公馆去了。

铁锁从会馆出来，觉着奇怪。他想："小喜为什么变得那样和气？对自己为什么忽然好起来？说是阴谋吗？看样子是很真诚的，况且自己现在是个穷匠人，他谋自己的什么？说是真要顾盼乡亲吗？小喜从来不落无宝之地，与他没有利的事就没有见他干过一件。"最后他想着有两种可能：第一是小喜要用人，一时找不到个可靠的人，就找到自己头上；第二是小喜觉着过去对不起自己，一时良心发现，来照顾自己一下，以补他良心上的亏空。他想要是第一种原因，他用人我赚钱，也是一种公平的交易——虽然是给他当差，可是咱这种草木之人就是伺候人的；要是第二种原因那更好，今生的冤仇今生解了，省得来生冤冤相报——因为铁锁还相信来生报应。他想不论是第一种还是第二种，都与自己无害，可以干一干。他完全以为小喜已经是变好了。回到住的地方跟几个同事一说，同事以为像小喜这种人是一千年也不会变好的，不过现在的事却同意他去干，也就是同意他说的第一种理由。

事情就这样决定了，铁锁便收拾行李搬到会馆去。

铁锁到了会馆，参谋长打发来的两个人也到了，小喜便在院里分别训练：教那两个人怎样站岗，见了官长怎样敬礼，见了老百姓怎样吆喝，见了哪等客人用哪等话应酬，怎样传递名片；又教铁锁打水、倒茶、点烟等种种动作。他好像教戏（导演）一样，一会算客人，一会算差人……直领着三个人练习了一下午，然后发了服装和臂章，准备第二天应客。

　　第二天早上，参谋长没有吃饭就来了。他进来先问准备得如何，然后就在留守处吃饭。吃过饭，他仍和小喜躺在床上，一边吸料子一边准备应酬这位不识面的绿林豪侠。小喜向他说对付这些人，要几分派头、几分客气、几分豪爽、几分自己，参谋长也十分称赞。他们的计议已经一致，就另谈些闲话，等着站岗的送名片来。

　　外边两个站岗的，因为没有当过兵，新穿起军服扛起枪来，自己都觉着有点新鲜，因此就免不了打打闹闹——起先两个人各自练习敬礼，后来轮流着一个算参谋长往里走，另一个敬礼。有一次，一个敬了礼，当参谋长的那一个没有还礼，两个人便闹起来，当参谋长那个说："我是参谋长，还礼不还礼自然是由我啦！"另一个说："连个礼都不知道还，算你妈的什么参谋长？"

　　就在这时候，一辆洋车拉了个客人，到会馆门外停住，客人跳下车来。两个站岗的见有人来了，赶紧停止了闹，仍然站到岗位上，正待要问客人，只见那客人先问道："里边有负责人吗？"一个答道："有！参谋长在！"还没有来得及问客人是哪里来的，那客人也不劳传达也不递名片，挺起胸膛呱哒呱哒就走进去了。

　　小喜正装了一口料子，用洋火点着去吸，听得外边进来了人，还以为是站岗的，没有理，仍然吸下去。烟正进到喉咙，客人也正揭起帘子。小喜见进来的人，穿着纺绸大衫，留着八字胡，知道有些来历，赶紧顺手连纸烟带料子往烟盘里一扔，心里暗暗埋怨站岗的。参谋长也欠身坐起。客人进着门道："你们哪一位负责？"小喜见他来得高傲，赶紧指着参谋长用大官衔压他道："这就是师部参谋长！"哪知那客人丝毫不失威风，用嘴指了一下参谋长问道："你就是参谋长？"参谋长道："是的，有事吗？"那客人不等让坐就把桌旁的椅子扭转，面向着参谋长坐了道："兄弟是从河南来的。老霍跟我们当家的接洽好了，写信派兄弟来领东西！"说着从皮包中取出尺把长一封信来，递给小喜。小喜把信递给参谋长，一边又吩咐铁锁倒茶。

　　参谋长接住信一看，信是老霍写的，说是已经拉好了一个团，要留守处备文向军需处请领全团官兵服装、臂章、枪械、给养等物，并开一张全团各级军官名单，要留守处填写委状。参谋长看了道："你老哥就是团长吗？"客人道："不！团长是我们这一把子一个当家的，兄弟只是跟着我们当家混饭吃的。"参谋长拿着名单问他道："哪一位是……"客人起身走近参谋长，指着名单上的名字道："这是我们当家的，这一个就是兄弟我，暂且抵个参谋！"参谋长道："你贵姓王？"客人道："是的！兄弟姓王！"参谋长道："来了住在哪里？"客人道："住在正大饭店。"参谋长道："回头搬到这里来住吧！"又向小喜道："李副官！回头给王参谋准备一间房子！"客人道："这个不必，兄弟初到太原，想到处观光一番，住在外边随便一点。"参谋长道："那也好！用着什么东西，尽管到这里来找李副官！"小喜也接着道："好！用着什么可以跟我要！"客人道："谢谢你们关心。别的不用什么，只是你们山西的老海很难买。"转向小喜道："方才见你老兄吸这个，请你帮忙给我买一点！"说着从皮包中取出五百元钞票递给小喜。

　　小喜接住票子道："好！这我可以帮忙！"说着就从床上起来让他道："这里还有一些，你先吸几口！"说了就把烟盘下压着的一个小纸包取出来放在外边。客人倒也很自己，随便谦让了一下，就躺下去吸起来。

　　小喜接住钱却费了点思索。他想：打发人去买不出来；自己去跑街，又不够派头，怕客人小看。想了一会，最后决定写封信打发铁锁去。他坐在桌旁写完了信，出到屋门口叫道："张铁锁！到五爷公馆去一趟！"铁锁问道："在什么地方？"小喜道："天地坛门牌十号！"说着把信和钱递给他道："买料子！"买料子当日在太原，名义上说是杀头罪，铁锁说："我不敢带！"小喜低声道："傻瓜！你戴着四十八师的臂章，在五爷公馆买料子，难道还有人敢问？"铁锁见他这样说没有危险，也就接住了信和钱。小喜又吩咐道："你到他小南房里，把信交给张先生，叫他找姨太太的娘，他就知道。"铁锁答应着去了。

铁锁找到天地坛十号，推了推门，里边关着；打了两下门环，里边走出一个人来道："谁？"随着门开了一道缝，挤出一颗头来问道："找谁？"铁锁道："找张先生！"说了就把手里的信递给他。那人道："你等一等！"把头一缩，返身回去了。铁锁等了不大工夫，那人又出来喊道："进来吧！"铁锁就跟了进去。

果然被他引到小南房。铁锁见里边有好多人，就问道："哪位是张先生？"西北墙角桌边坐着一个四十来岁的瘦老汉道："我！你稍等一等吧！海子老婆到火车站上去了。"人既不在，铁锁也只得等，他便坐到门后一个小凳子上，闲看这屋里的人。

靠屋的西南角，有一张床，床中间放着一盏灯。床上躺着两个人，一个是小个子，尖嘴猴；一个是塌眼窝。床边坐着一个人，伸着脖子好像个鸭子，一个肘靠着尖嘴猴的腿，眼睛望着塌眼窝。塌眼窝手里拿着一张纸烟盒里的金箔，还拿着个用硬纸卷成的、指头粗的小纸筒。他把料子挑到金箔上一点，爬起来放在灯头上熏，嘴里衔着小纸筒对住熏的那地方吸。他们三个人，这个吸了传递给那个。房子不大，床往东放着一张茶几两个小凳子，就排到东墙根了。茶几上有个铜盘，盘里放着颗切开了的西瓜。靠东的凳子上，坐着个四方脸大胖子，披着件白大衫，衬衣也不扣扣子，露着一颗大肚。靠西的凳子上，坐着个留着分头的年轻人，穿了件阴丹士林布大衫，把腰束得细细的，坐得直挺挺的，像一根柱子。他两个面对面吃西瓜，胖子吃的是大块子，呼啦呼啦连吃带吸，连下颌带鼻子都钻在西瓜皮里，西瓜子不住从胸前流下去；柱子不是那样吃法，他把大块切成些小月牙子，拿起来弯着脖子从这一角吃到那一角，看去好像老鼠吃落花生。

不论床上的，不论茶几旁边的，他们谈得都很热闹，不过铁锁听起来有许多话听不懂。他们不知什么时候就谈起来了。铁锁坐下以后，第一句便听着那柱子向胖子道："最要紧的是归班，我直到现在还没得归了班。"胖子道："也不在乎，只要出身正，有腿，也快。要说归班，我倒归轮委班二年了，直到如今不是还没有出去吗？按次序轮起来，民国五十多年才能轮到我，那抵什么事？"床上那个塌眼窝向鸭脖子道："你听！人家都说归班啦！咱们啦？"鸭脖子道："咱们这些不是学生出身的人，不去找那些麻烦！"大家都笑了。胖子向床上人道："索性像你们可也快，只要到秘书长那里多挂几次号就行了。"尖嘴猴道："你们虽说慢一点，可是一出去就是县长科长；我们啦，不是这个税局，就是那个监工。"塌眼窝道："不论那些，只要钱多！"鸭脖子道："只要秘书长肯照顾，什么都不在乎！五爷没有上过学校，不是民政厅的科长？三爷也是'家庭大学'出身，不在怀仁县当县长啦？"

铁锁无意中打听着三爷的下落，还恐不是，便问道："哪个三爷？"鸭脖子看了他一眼，鼻子里一哼道："哪个三爷！咱县有几个三爷？"铁锁便不再问了。

那柱子的话又说回来了，他还说是归班要紧。胖子向他道："你老弟有点过迂，现在已经打下了河北，正是用人时候。你还是听上我，咱明天搭车往北平去。到那里只要找上秘书长，个把县长一点都不成问题……"那柱子抢着道："我不信不归班怎么能得正缺？"胖子道："你归班是归山西的班，到河北有什么用处？况且你归班也只能归个择委班，有什么用处？不找门路还不是照样出不去吗？"

他们正争吵，外边门又开了，乱七八糟进来许多人。当头是一个戴着眼镜的络腮胡大汉，一进门便向茶几上的两个人打招呼。他看见茶几上还有未吃完的西瓜，抓起来一边吃一边又让同来的人。他吃着西瓜问道："你两位辩论什么？"胖子便把柱子要归班的话说了一遍，那戴眼镜的没有听完，截住便道："屁！这会正是用人时候，只要找着秘书长，就是扫帚把子戴上顶帽，也照样当县长！

什么择委班、轮委班，现在咱们先给他凑个抢委班！"一说抢委班，新旧客人同声大笑，都说："咱们也归了班了！抢委班！"

铁锁虽懂不得什么班，却懂得他们是找事的了，正看他们张牙舞爪大笑，忽然有人在他背后一推道："这是不是铁锁？"铁锁回头一看，原来是春喜，也是跟着那个戴眼镜的一伙进来的。他一看果然是铁锁，就问道："你也当了兵？"铁锁正去答话，见他挤到别的人里去，也就算了。春喜挤到床边，向那个鸭脖子道："让我也坐坐飞机（在金箔上吸料子就叫坐飞机）！"说了从小草帽中取出一个小纸包，挤到床上去。

那戴眼镜的向张先生道："你去看看五爷给军需处王科长写那封信写成了没有。"张先生去了。那柱子问道："把你们介绍到军需处了？"戴眼镜的道："不！秘书长打电报叫我们到北平去，因为客车不好买票，准备明天借军需处往北平的专车坐一坐。"胖子道："是不是能多坐一两个人？"戴眼镜的道："怕不行！光我们就二三十个人啦！光添你也还马虎得过，再多了就不行了。"说着张先生已经拿出信来，戴眼镜的接住了信，就和同来的那伙人一道又走了，春喜也包起料子赶出去。胖子赶到门边喊道："一定借光！"外边答道："可以！只能一两个人！"

他们去了，张先生问铁锁道："你怎么认得他？"铁锁道："他跟我是一个村人。"张先生道："那人很能干，在大同统税局很能弄个钱。秘书长很看得起，这次打电报要的几十个人也有他，昨天他才坐火车从大同赶回来。"正说着，姨太太的娘从火车站上回来了，铁锁便买上料子回去交了差。

打发河南的客人去了，参谋长立刻备了呈文送往总司令部，又叫小喜代理秘书，填写委状，赶印臂章。

四

不几天，街上传说在山东打了败仗，南京的飞机又来太原下过弹，人心惶惶，山西票子也跌价了。又过几天，总司令部给四十八师留守处下了命令，说是叫暂缓发展，请领的东西自然一件也没有发给。参谋长接到了命令，回复了河南来的客人，又打发小喜下豫北去找老霍回来。从这时起，留守处厨房也撤销了，站岗的也打发了，参谋长也不到那里去了，小喜也走了，叫铁锁每天到参谋长那里领一毛五分钱伙食费，住在留守处看门。起先一毛五分钱还够吃，后来山西票一直往下狂跌，一毛五分钱只能买一斤软米糕，去寻参谋长要求增加，参谋长说："你找你的事去吧！那里的门也不用看了！"这个留守处就这样结束了。

铁锁当了一个月勤务，没有领过一个钱，小喜走了，参谋长不管，只落了一身单军服，穿不敢穿，卖不敢卖，只好脱下包起来。他想：做别的事自然不能穿军服，包起来暂且放着，以后有人追问衣服，自然可以要他发钱；要是没人追问，军衣也可改造便衣。衣服包好，他仍旧去找同来的匠人们。那些人近来找着了事，自从南京飞机到太原下弹后，各要人公馆抢着打地洞，一天就给一块山西票。铁锁找着他们，也跟着他们到一家周公馆打地洞，晚上仍住在会馆。

一天晚上他下工后走出街上来，见街上的人挤不动，也有军队也有便衣，特别有些太原不常见的衣服和语音，街上也加了岗，好像出了什么事。回到会馆，会馆的人也挤满了，留守处的门也开了，春喜和前几天同去北平的那一伙都住在里边，床上地下都是人，把他的行李给他堆在一个角落上。春喜一见铁锁，便向他道："你住在这里？今天你再找个地方住吧，我们人太多！"铁锁看那情形，又说不得理，只好去搬自己的行李。春喜又问他道："继唐住在哪个屋里？"铁锁道："他下河南去了。"铁锁也想知道他为什么回来，就接着顺便问道："你们怎么都回来了？"春喜道："都回来了！阎总司令也回来了！"铁锁听了，仍然不懂他们为什么回来，但也无心再问，就搬了行李仍然去找他的同行。

他的同行人很多，除了和他同来的，和他们新认识的还有几十个，都住在太原新南门外叫作"满洲坟"的一道街。这一带的房子都是些小方块，远处看去和箱子一样；里边又都是土地，下雨漏得湿湿的；有的有炕，有的是就地铺草。房租不贵，论人不论间，每人每月五毛钱。铁锁搬去的这地方，是一个长条院子，一排四座房，靠东的一座是一间，住着两个学生，其余的三座都是三间，住的就是他们这伙匠人。他搬去的时候，正碰上这些匠人们吃饭。这些人，每人端着一碗小米干饭，围着一个青年学生听话。这个学生，大约有二十上下年纪，穿着个红背心，外边披着件蓝制服，粗粗两条红胳膊，厚墩墩的头发，两只眼睛好像打闪，有时朝这边有时朝那边。围着他的人不断向他发问，他一一答复着。从他的话中，知道山西军败了，阎锡山和汪精卫都跑回太原来了。有人问："他两家争天下，南京的飞机为什么到太原炸死了拉洋车的和卖烧土的？"有的问："咱们辛辛苦苦赚得些山西票子，如今票不值钱了，咱们该找谁去？"学生说："所以这种战争，不论谁胜谁败，咱们都要反对，因为不论他们哪方面都是不顾老百姓利益的……"

铁锁听了一会，虽然不全懂，却觉着这个人说话很公平。他把行李安插下，到外边买着吃了一点东西，回来躺在铺上问一个同行道："吃饭时候讲话的那个人是哪里来的？"这个同行道："他也是咱这院子里的房客，在三晋高中上学，姓常，也不知道叫什么。他的同学叫他小常，大家也跟着叫小常先生，他也不计较。这人可好啦！跟咱们这些人很亲热，架子一点也不大，认理很真，说出理来跟别的先生们不一样。"铁锁近来有好多事情不明白，早想找个知书识字的先生问问，可是这些糊涂事情又都偏出在那些知书识字的人们身上，因此只好闷着，现在见他说这位小常先生是这样个好人，倒有心向他领个教，便向这个同行道："要是咱们一个人去问他个什么，他答理不答理？"这个同行道："行！这人很好谈话，只要你不瞌睡，谈到半夜都行！"铁锁道："那倒可以，只是我跟人家不熟惯。"这个同行道："这没关系，他倒不讲究这些！你要去，我可以领你去！"铁锁说："可以！咱们这会就去。"说罢两个人便往小东房里去见小常。

他们进了小东房，见小常已经点上了灯在桌边坐着，他还有一个同学睡在炕上。这个匠人便向小常介绍道："小常先生！我这个老乡有些事情想问问你，可以不可以？"小常的眼光向他两人一扫，随后看着铁锁道："可以！坐下！"铁锁便坐在他的对面。铁锁见小常十分漂亮精干，反觉着自己不配跟人家谈话，一时不知该从哪里谈起。小常见他很拘束，便向他道："咱们住在一处，就跟一家人一样，有什么话随便谈！"铁锁道："我有些事情不清楚，想领领教，可是，'从小离娘，到大话长'，说起来就得一大会。"小常道："不要紧！咱们住在一块，今天说不完还有明天！不用拘什么时候，谈到哪里算哪里。"铁锁想了一会道："还是从头说吧！"他便先介绍自己是哪里人，在家怎样破了产，怎样来到太原，到太原又经过些什么，见到些什么……一直说到当天晚上搬出会馆。他把自己的遭遇说完了，然后问小常道："我有这么些事不明白。李如珍怎么能永远不倒？三爷那样胡行怎么除不办罪还能做官？小喜、春喜那些人怎么永远吃得开？别人卖料子要杀头，五爷公馆怎么没关系？土匪头子来了怎么也没人捉还要当上等客人看待？师长怎么能去拉土匪？……"他还没有问完，小常笑嘻嘻走到他身边，在他肩上一拍道："朋友！你真把他们看透了！如今的世界就是这样，一点也不奇怪！"铁锁道："难道上边人也不说理吗？"小常道："对对对！要没有上边人给他们做主，他们怎么敢那样不说理？"铁锁道："世界要就是这样，像我们这些正经老受苦人活着还有什么盼头？"小常道："自然不能一直让它是这样，总得把这伙仗势力不说理的家伙们一齐打倒，由我们正正派派的老百姓们出来当家，世界才能有真理。"铁锁道："谁能打倒人家？"小常道："只要大家齐心，他们这伙不说理人还是少数。"铁锁道："大家怎么就齐心了？"小常道："有个办法。今天太晚了，明天我细细给你讲。"一说天晚了，铁锁听了一听，一院里都睡得静静的了，跟他同来的那个同行不知几时也回去睡了，他便辞了小常也回房睡去。

这晚铁锁回去虽然躺下了，却睡得很晚。他觉着小常是个奇怪人。凡他见过的念过书的人，对自己这种草木之人，总是跟掌柜对伙计一样，一说话就是教训，好的方面是夸奖，坏的方面是责备，从没有见过人家把自己也算成朋友。小常算是第一个把自己当成朋友的人。至于小常说的道理，他也完全懂得，他也觉着不把这些不说理的人一同打倒另换一批说理的人，总不成世界，只是怎样能打倒，他还想不通，只好等第二天再问小常。这天晚上是他近几年来最满意的一天，他觉着世界上有小常这样一个人，总还算像个世界。

第二天，他一边做着工，一边想着小常，好容易熬到天黑，他从地洞里放下家伙钻出来，在街上也顾不得停站，一股劲跑回满洲坟来，没有到自己房子里，就先到小东房找小常去。他一进去，不见小常，只见箱笼书籍乱七八糟扔下一地，小常的同学在屋里整叠他自己的行李。他进去便问道："小常先生还没有回来？"小常那个同学道："小常叫人家警备司令部捉走了。"他听了，大瞪眼莫名其妙，怔了一会又问道："因为什么？"小常那个同学抬头看了看他，含糊答道："谁知道是什么事？"说着他把他自己的行李搬出去。铁锁也不便再问，跟到外边，见他叫了个洋车拉起来走了。

这时候，铁锁的同行也都陆续从街上回来，一听铁锁报告了这个消息，都抢着到小东房去看，静静的桌凳仍立在那里，地上有几片碎纸，一个人也没有。

大家都不知道为什么，都觉着奇怪。有个常在太原的老木匠道："恐怕是共产党。这几年可多捉了共产党了，杀了的也不少！真可惜呀！都是二十来岁精精干干的小伙子。"铁锁问道："共产党是什么人？"那老木匠道："咱也不清楚，听说总是跟如今的官家不对，不赞成那些大头儿们！"另外有几个人乱说"恐怕就是""小常跟他们说是两股理""小常是说真理的"……大家研究了半天，最后都说："唉！可惜小常那个人了！"好多人都替小常忧心，仍和昨天下米一样多，做下的干饭就剩下了半锅。

铁锁吃了半碗饭，再也吃不下去。他才觉着世界上只小常是第一个好人，可是只认识了一天就又不在了。他听老木匠说还有什么共产党，又听说这些人被杀了的很多，他想：既然被杀了的很多，可见这种人不只小常一个；又想：既然被杀了的很多，没有被杀的是不是也很多？又想：既然被杀了的很多，小常是不是也会被杀了呢？要是那样年轻、能干、说真理的好人，昨天晚上还高高兴兴说着话，今天就被人家活生生捉住杀了，呵呀！……他想着想着，眼里流下泪来。这天晚上，他一整夜没有睡着，又去问老木匠，老木匠也不知道更多的事情。

从这天晚上起，他觉着活在这种世界上实在没意思，每天虽然还给人家打地洞，可是做什么也没有劲了，有时想到应该回家去，有时又想着回去还不是一样的。

五

就这样拖延着，一个秋天过去了。飞机不断来，打地洞的家也很多，可是山西票子越来越不值钱，铁锁他们一伙人做得也没有劲，慢慢都走了。后来阎锡山下了野往大连走了。徐永昌当了警备司令来维持秩序，南京的飞机也不来了，各大公馆的地洞也都停了工。人家一停工，铁锁和两三个还没有走了的同行也没有事了，便不得不作回家的计划。

这天铁锁和两个同来的同行，商议回家之事。听说路上很不好行动，庞炳勋部驻沁县，孙殿英部驻晋城，到处有些散兵，说是查路，可是查出钱来就拿走了。他们每人都赚下一百多元山西票，虽说一元只能顶五毛，可是就算五十元钱，在一个当匠人的看起来，也是很大一笔款，自然舍不得丢了。好在他们都是木匠，想出个很好的藏钱办法，就是把合缝用的长刨子挖成空的，把票子塞进去再把枣木底板钉上。他们准备第二天起程，这天就先把票子这样藏了。第二天一早，三个人打好行李，就上了路。走到新南门口，铁锁又想起他那双鞋仍然丢在会馆，鞋还有个半新，丢了也很可惜，就和两个同行商议，请他们等一等，自己跑回去取。

这两位同行，给他看着行李，等了差不多一点钟，也不见他来。一辆汽车开出来了，他两人把行李替他往一边搬了一搬。又等了一会，他和另一个人相跟着来了，一边走，一边向他两人道："等急了吧？真倒霉！鞋也没有找见，又听了一回差！"两个人问他出了什么事，他说："春喜去大同取行李回来了，和好多人趁秘书长送亲戚的汽车回去，叫我给人家往车上搬箱子！"有个同行也认得春喜，问他道："他在大同做什么来？有什么箱子？"铁锁道："听说在什么统税局。这些人会发财，三四口箱子都很重。"那个同行向他开玩笑道："你跟他是一村人，还不能叫他的汽车捎上你？"铁锁道："一百年也轮不着捎咱呀！"随手指着同来的那个人道："像这位先生，成天在他们公馆里跑，都挤不上啦！"他两个同行看同他来的那个人，长脖子，穿着件黑袍，上面罩着件灰大衫，戴着礼帽，提着个绿绒手提箱。这人就是当日在五爷公馆里的那个鸭脖子，他见铁锁说他挤不上，认为不光荣，便解释道："挤不上，他们人太多了！到路上要个差也一样，不过走慢一点。"他特别说明他可以要差，来保持他的身份。铁锁在太原住了几个月，也学得点世故，便向鸭脖子道："先生，我们也想沾沾你的光！听说路上不好走，一路跟你相跟上许就不要紧了吧？"鸭脖子道："山西的机关部队都有熟人，碰上他们自然可以；要碰上外省的客军，就难说话了，我恐怕只能顾住我。"说着强笑了一笑。

　　他们就这样相跟着上了路。走了不多远，有个差徭局，鸭脖子要了一头毛驴骑着，他们三个人挑着行李跟在后边。

　　鸭脖子要的是短差，十里八里就要换一次，走了四五天才到分水岭。一路上虽然是遇到几个查路的，见了鸭脖子果然客气一点，随便看看护照就放过去了。他们三个说是跟鸭脖子一行，也没有十分被检查。过了分水岭，有一次又遇到两个查路兵，虽然也是山西的，情形和前几次有些不同，把他们三个人的行李抖开，每一件衣服都捏揣过一遍，幸而他们的票子藏得好，没有被寻出来。检查到了铁锁那身军服，铁锁吃了一惊，可是人家也没有追究。后来把鸭脖子的手提箱打开，把二十块现洋给检查走了。

　　这一次以后，他们发现鸭脖子并不抵事，跟他一道走徒磨工夫；有心前边走，又不好意思，只好仍跟他走在一起。快到一个叫"崔店"的村子，又碰上查路的，远远用手枪指着喊道："站住！"四个人又吓了一跳。站住一看，那个喊"站住"的正是小喜，还有两个穿军服的离得比较远一点。小喜一看鸭脖子，笑道："是你呀！"又向铁锁道："你也回去？"铁锁答应着，只见小喜回头向那两个穿军服的道："自己人自己人！"又向鸭脖子道："天也黑了，咱们住一块吧！"鸭脖子道："住哪里？"小喜道："咱们就住崔店！"又向那两个穿军服的道："路上也没人了，拿咱们的行李，咱们也走吧！"说了他便和那两个人跑到一块大石头后边，每人背出一个大包袱来。七个人相跟着来到崔店，天已大黑了。小喜走在前面，找到一家店门口，叫开门，向掌柜下命令道："找个干净房子！"掌柜看了看他，惹不起；又看了看铁锁他们三个道："你们都是一事吗？"铁锁道："我们三个是当匠人的！"掌柜便点着灯把小喜他们四人引到正房，又把铁锁他们三个另引到一个房子里。

他们四个人，高喊低叫，要吃这个要吃那个，崔店是个小地方，掌柜一时应酬不来，挨了许多骂，最后找了几个鸡蛋，给他们做的是炒鸡蛋拉面。打发他们吃过以后，才给铁锁他们三个坐上锅做米饭。赶他们三个吃罢饭，天已经半夜了。

他们三个人住的房子，和正房相隔不远，睡了之后，可以听到正房屋里谈话。他们听得鸭脖子诉说他今天怎样丢了二十块现洋，小喜说："不要紧，明天可以随便拿些花。"鸭脖子说："不算话，带多少也不行！听说沁县到晋城一带都查得很紧！"小喜说："我也要回去。明天跟我相跟上，就没有人查了。"铁锁一个同行听到这里，悄悄向铁锁道："你听！小喜明天也回去。咱明天跟他相跟上，也许比那个鸭脖子强，因为他穿的军衣，况且又是做那一行的。"铁锁也悄悄道："跟他相跟上，应酬查路的那一伙子倒是有办法，可是他们那些人我实在不想看见！"那个同行道："咱和他相跟啦吧，又不是和他结亲啦！"铁锁一想，又有点世故气出来了。他想：今天和鸭脖子相跟还不是一样的不舒服，可是到底还相跟了，就随和些也好。况且自己又曾给小喜当过一个月勤务，就以这点关系，说出来他也不至于不应允。这样一想，他也就觉着无可无不可了。

第二天早晨，铁锁他们三个起了一个早，先坐锅做饭，吃着饭，正房里那四个才起来洗脸。一会，听着他们吵起来。小喜说："有福大家享，你们也不能净得现洋，把山西票一齐推给我！"另一个河南口音的道："这也没有叫你吃了亏。我不过觉着你是山西人，拿上山西票子总还能成个钱，叫我带回河南去有个鸡巴啥用处？把这些衣服都归了你，还不值几百元吗？"小喜道："咱们也相处了个把月，也走了几百里路，咱姓李的没有对不起朋友的地方吧？如今你们拿上两千多现货，几十个金戒指，拿一堆破山西票跟几包破衣裳来抵我，你们自己看像话不像话？有福大家享，有事大家当，难道我姓李的不是跟你们一样冒着性命呀？"另一个河南口音道："老李！不要讲了！咱们上场来都是朋友，好合不如好散！这戒指你随便拿上些！山西票要你被屈接住！来！再拿上二百现的！"正说着，掌柜把炒蒸馍端上去，几个人便不吵了，吃起饭来。吃完了饭，那两个穿军服的扛着沉沉两包东西，很客气地辞了小喜和鸭脖子走了。他两个也不远送，就在正房门口一点头，然后回去收拾他们的行李。

就在这时候，铁锁的两个同行催着铁锁，叫去跟小喜交涉相跟的事，铁锁便去了。他一进到正房，见炕上堆着一大堆山西票子，两包现洋，一大把金戒指，两三大包衣服。小喜正在那里折衣服，见他进去了，便向他道："你还没有走？"鸭脖子也那样问，铁锁一一答应罢了，便向他道："听说路上很不好走，想跟你相跟上沾个光，可以不可以？"小喜正在兴头上，笑嘻嘻答道："行！相跟着吧！没有一点事！"铁锁见他答应了，也没有更多的话跟他说，站在那里看他折衣服。他见铁锁闲着，便指着那些衣服道："你给我整理一下吧！整理妥包好！"铁锁悔不该不马上出去，只好给他整理。鸭脖子问小喜道："你从前认得他？"小喜道："这是我的勤务兵！跟我是一个村子里人。"他已经把衣服推给铁锁整理，自己便去整理炕上的银钱。他把票子整成一叠一叠的，拿起一叠来，大概有一二百元，递给鸭脖子道："你昨天不是把钱丢了吗？花吧！"鸭脖子还谦让着，小喜道："给你！这些乱年头，抓到手大家花了就算了。"说着把票子往鸭脖子的怀里一塞，鸭脖子也就接受下了。小喜回头又向铁锁道："你那身军服还在不在？"铁锁只当他是向自己要那身衣服，便答道："在！一会我给你去取！不过参谋长却没有给我发过饷。"小喜道："不是跟你要。你还把它穿上，还算我的勤务兵，这样子到路上更好行动。行李也不用你挑，到差徭局要得差来可以给你捎上。"铁锁说："我还相跟着两个人啦！"小喜道："不要紧！就说都是我带的人！"

一会，行李都打好了，铁锁出来和两个同行说明，又把那身单军服套在棉衣外边，铁锁给小喜挑着包袱，五个人相跟着出了店，往差徭局来。小喜南腔北调向办差的道："拨两个牲口三个民伕！"办差的隔窗向外一看道："怎么木匠也要差？"小喜道："真他妈的土包子！军队就不带木匠？"铁锁的两个同行在窗外道："我们自己挑着吧！"小喜向窗外看了他们一眼道："你们就自己挑着！"又向办差的道："那就两个牲口一个民伕吧！"办差的拨了差，小喜和鸭脖子上了驴，赶驴的和铁锁两个人跟着，民伕把铁锁的行李和小喜的包袱捆在一处担着，铁锁的两个同行自己担着行李跟着，一大串七个人两个牲口便又从崔店出发了。

小喜的包袱很重，民伕一路直发喘。铁锁本来不想把自己的行李给民伕加上，可是既然算小喜的勤务，又没法不听小喜的指挥。后来上了个坡，铁锁见民伕喘得很厉害，便赶到他身边道："担累了？我给你担一会！"民伕道："好老总！可不敢叫你担！"铁锁道："这怕啥？我能担！"说着就去接担子。民伕连说不敢，赶驴的抢着跑过来道："不敢不敢！我给他担一会！"说着便接住担在自己肩上。民伕叹了口气道："唉！好老总！像你老总这样好的人可真少！"赶驴的也说："真少！可有那些人，给你担？不打就够好！"

正说话间，前边又有了查路的——一个兵正搜查两个生意人的包袱，见小喜他们走近了，向那两个生意人说了声"包起吧"，便溜开了。小喜在驴上看得清楚，就故意喝道："站住！哪一部分？"吓得那个兵加快了脚步，头也不回便跑了。民伕问那两个生意人道："没有拿走什么吧？"生意人说"没有"，并且又向小喜点头道："谢谢老总！不是碰上你就坏了！"小喜在驴上摇头道："没有什么。他妈的，好大胆，青天白日就截路抢人啦！"那个赶驴的只当小喜不知道这种情形，便担着担子抢了几步向他道："好老总，这不算稀罕！这条路一天还不知道出几回这种事啦！"铁锁在他背后光想笑也不敢笑出来，暗暗想道："你还要给他讲？你给他担的那些包袱，还不是那样查路查来的！"

铁锁自从又穿上军服，觉着又倒了霉：一路上端水端饭问路换差……又都成了自己的事，小喜和鸭脖子骑着牲口专管指挥。他虽然觉着后悔，却也想不出摆脱办法，又只好这样相跟着走。

过了沁县，路平了，毛驴换成了骡车，走起来比以前痛快了好多。过屯留城的那一天，下了一次雪，有泥水的地方，车不好走。有一次，要过一个土沟，骡子拉不过去，站住了。赶车的请他们下车，小喜和鸭脖子看见下去就要踏着泥走，不愿意，硬叫他赶。他打了骡子两鞭，骡子纵了一下，可是车轮陷得很深，仍拉不动。小喜道："你们这些支差的干的是什么？连个牲口也赶不了！"赶车的央告道："老总，实在赶不过去呀！"小喜喝道："你捣蛋，我揍你！"又向铁锁下命令道："给我揍他！"铁锁从来没有打过人，况且见赶车的并非捣蛋，除没有揍他，反来帮他推车，可是也推不动。赶车的仍然央告他两人下车，小喜夺出鞭子照耳门打了他一鞭杆。赶车的用手去摸耳朵，第二下又打在他手上。手也破了，耳朵也破了，眼泪直往下流，用手擦擦泪，又抹了一脸血。铁锁和他两个同行看见这种情形，十分伤心，可是也没法挽救。人也打了，车仍是赶不动，结果还是赶车的背着鸭脖子，铁锁背着小喜送过去，然后才回来赶空车。

这天晚上住在鲍店镇，铁锁向他两个同行悄悄说："明天咱们不跟他相跟吧！咱真看不惯那些事！"他两个同行也十分赞成，都说："哪怕土匪把咱抢了，咱也不跟他相跟了。"吃过饭以后，铁锁向小喜说他们三个人要走山路回去，小喜向鸭脖子道："要是那样，你明天就也穿军衣吧！"又向铁锁道："那也可以，你就把军衣脱下来给他！"铁锁这时只求得能分手就好，因此便把一个月工夫换来的一身单军服脱下交给他们，第二天彼此就分手了。

春喜是一路汽车坐到家了。小喜是一路官差送到家了。铁锁啦？几天山路也跑到家了，虽然还碰到过一次查路的，不过票子藏得好，没有失了。

山西票子越来越跌价，只能顶两毛钱了。小喜存的山西票，跑到晋城军队上贩成土；铁锁不会干这一套，看着票子往下跌，干急没办法。又迟了多长时候，听说阎锡山又回太原当绥靖主任去了，票子又回涨到两毛五。这时正是阴历年关，福顺昌掌柜王安福以为老阎既然又回太原，票子一定还要上涨，因此就放手接票——讨账也是山西票，卖货也是山西票。这时候，铁锁的一百来元山西票本来很容易推出手，不过他见王安福放手接票子，也以为票子还要涨，舍不得往外推，只拿出十几元来在福顺昌买了一点过年用的零碎东西。不料过了年，公事下来了，山西票子二十元抵一元，王安福自然是大晦气，铁锁更是哭笑不得，半年的气力白费了。

后来铁锁的票子，出了一次粮秣借款就出完了。这粮秣借款是在这以前没有过的摊派。不打仗了，外省的军队驻在山西不走，饭总要吃，阎锡山每隔两个月便给他们收一次粮秣借款，每次每一两粮银收七元五。铁锁是外来户，外来户买下的地当然粮银很重，虽然只剩下五亩沙板地，却纳的是上地粮，银数是五钱七分六，每次粮秣借款该出现洋四元三毛二，合成山西票就得出八十六元四。

自从派出粮秣借款以后，不止铁锁出不起，除了李如珍、春喜等几家财主以外，差不多都出不起。小毛是闾长，因为过了期收不起款来，偷跑了。不断有散兵到村找闾长，谁也不想当，本地户一捏弄，就把铁锁选成了闾长。铁锁自戴上这顶愁帽子之后，地也顾不得上，匠人也顾不得当，连明带夜忙着给人家收款。在这时，阎锡山发下官土（又叫"戒烟药饼"，不过那只是官家那样叫，老百姓都叫"官土"）来，在乡下也由闾长卖。像李如珍那些吸家，可以在小喜那里成总买私土；只有破了产的光杆烟鬼，每次只买一分半分，小喜不愿支应，才找闾长买官土。按当时习惯，买官土要用现钱，不过这在别的闾里可以，铁锁这些外来户，不赊给谁怕得罪谁，赊出去账又难讨，因此除了收粮秣借款以外还要讨官土账。借款也不易收，土账也不易讨，自己要出的款也没来路。上边借款要得紧了，就把卖官土钱缴了借款；官土钱要得紧了，又把收起来的借款顶了官土钱。两样钱都不现成，上边不论要着哪一样，就到福顺昌先借几块钱缴上。这样子差不多有年把工夫，客军走了，地方上又稍稍平静了一点，小毛看见闾长又可以当了，和李如珍商量了一下，把铁锁的闾长换了，仍旧换成小毛。铁锁把闾长一交代，净欠下福顺昌四十多元借款，算起来有些在自己身上有些在烟鬼们身上，数目也还能碰个差不多，只是没有一个现钱，结果又托着杨三奎和修福老汉去跟福顺昌掌柜王安福商量了一下，给人家写了一张文书。

六

铁锁自从当了一次闾长以后，日子过得更不如从前了，三四年工夫，竟落得家无隔宿之粮，衣服也都是千补万衲，穿着单衣过冬。他虽然是个匠人，可是用得起匠人的家，都怕他这穷人占小便宜，不愿用他，因此成天找不到事，只好这里求三合，那里借半升，弄一顿吃一顿。

到了民国二十四年（1935年）这一年，在家里实在活不下去了，叫才长到八岁的小胖孩给人家放牛去，自己又和几个同行往离家远一点的地方去活动——不过这次却因为没有盘缠，不能再去太原，就跟着几个同行到县城里去。在城里找到一家东家，就是当年在五爷公馆吃着西瓜谈"归班"的那个胖子。这人姓卫，这几年在阎锡山的"禁烟考核处"（就是卖官土的总机关）当购料员，在绥远买土发了财，成了县里数一数二的大绅士，要在城里修造府第，因此就要用匠人。铁锁和同去的几个人，和包工头讲了工价，便上了工。

这一年的上半年，铁锁的家里好过一点，下半年秋收以后，虽然除给福顺昌纳了利钱以后不余几颗粮食，可是铁锁和小胖孩都不在家，光二妞一个人在家也不吃什么。

可惜不几天就发生了意外的事：上边公事下来了，说共产党的军队从陕西过河来了，叫各地加紧"防共"，宁错杀一千个老百姓，也不叫放走一个共产党。县长接住这公事，跟疯了一样，撒出防共保卫团和警察到处捉人——凡是身上有一两个铜元、一两条线、小镜子或其他不常见的物件，都说成共产党的暗号，逃荒的、卖姜的、货郎担子……一切外来的生人，一天说不定要捉多少、杀多少，有一天就杀了一百五六十个。警察们每夜都打着手电筒到匠人们住的地方查好几遍，因为搜着身上有铜元还杀了两个匠人。这时候，匠人们固然人人怕捉，胖子东家是听说共产党来了要杀他们这些仗势欺过人的人，因此也怀着鬼胎无心修造了。况且天气也冷了些，泥水也快冻了。这样几头赶趁，工也停住了，铁锁和许多匠人们便都解散回家。回到村，村公所里也忙着办"防共"，春喜当了公道团村团长（原来也是阎锡山组织起来的防共团体），小喜当了防共保卫团村团长，所有壮丁一律都得当团丁，由小喜训练。铁锁回去马上就得去受训。

这年冬天，山西军队调动得很忙，中央军也来山西帮忙防共，地方上常有军队来往。老百姓因为经过民国十九年（1930年）那次混乱，一见过兵自然人人担忧。

杨三奎的闺女巧巧，原来许给二妞的弟弟白狗，这是杨三奎最小的一个闺女，这时已经十八岁了，因为兵荒马乱，杨三奎放心不下，便追着修福老汉给白狗娶亲。修福老汉一来觉着孙孙白狗已十九岁，也是娶亲的时候了；二来自己家业不大，趁这荒乱年间，一切可以简单些，也就马上答应，就在本年阴历腊月三十日给白狗娶亲。修福老汉虽然日子过得不怎样好，又是外来户，可是因他为人正直，朋友也还不少。大家也知道他破费不起，自己也都是些对付能过的小户人家，就凑成份子买了些现成的龙凤喜联给他送一送礼。这地方的风俗，凡是送这种对联的，酬客时候都是有酒无饭，一酒待百客。事过之后，修福老汉备了些酒，在刚过了阴历年的正月初三日酬客。

这天晚上，铁锁也在修福老汉家替他招呼客人。热闹过一番之后，一般的客人都散了，只剩下像冷元他们那些比较亲近一点的邻居们和林县的乡亲们，大家因为才过了年没有什么事，就仍然围着酒桌，喝着剩下来的一壶酒谈闲话。他们谈来谈去，谈到"防共"的事情上，冷元向铁锁道："小喜成天给咱们讲，说共产党杀人如割草，可是谁也没有真正见过。你是登过大码头走过太原的，你是不是见过啦？"

这一问，勾起铁锁的话来了：铁锁自那年从太原回来之后，直到现在，因为一个"忙"，一个"穷"，从没有跟别人谈过心。他并不是没有心病话，只是没有谈过。他自从碰上小常，四五年来一天也没有忘记，永远以为小常是天下第一个好人；每遇上看不过眼的事，就想起小常向他说的话："总得把这伙仗势力不说理的家伙们一齐打倒，由我们正正派派的老百姓们出来当家，世界才能有真理。"当年他听老木匠说小常是共产党，又听说自从民国十六年（1937年）阎锡山就杀起共产党来了，他就以为共产党是小常这类人，可惜以后再不听有人说起，直到五六年后的现在，才又听说起这个名字来。他在城里初听说共产党过了河，他非常高兴，以为这一下就可以把那些仗势欺人的坏家伙们一齐打倒了；后来见县里杀人杀得那么多，军队调动得那么忙，他又以为打倒这些坏家伙们也不是一件容易的事，因为坏家伙们有权，有官府的势力给他撑腰。不过他这时候的想法和五六年前不同了：在五六年前他还以为像小常这种人数目总不多，成不了事；这时候他听说共产党能打过黄河来占好几县，又见那些坏家伙们十分惊慌，他想这势力长得也不小了，纵然一时胜不过官府势力，再长几年一定还会更大，因为他还记得小常说"只要大家齐心，这些坏家伙们还是少数"。他记得小常还说过"有办法能叫大家齐心"，可惜他还没有把这办法告自己说，就叫人家把他捉走了。他想现在打过河来的这些人一定是懂得这个办法的，等打到咱这地方，一定会把这办法也告大家说。他既然有这样一套想法，因此在这年冬天，虽然还过的是穷日子，心里却特别高兴，不论听小喜、春喜那些人说共产党怎样坏，他听得只是暗笑，心里暗暗道："共产党来了就要杀你们这些家伙们呀！看你还能逞几天霸？"这些都只是铁锁心上的话，并不曾向人家说过。这天晚上冷元问起他来，他正憋着一肚子话没处说，又是才过了年，又都是些自己人，刚才又多喝了几盅酒，因此说话的兴头就上来了。他说："我见过一个，不过说起来话长，你们都听不听？"大家叫小喜、春喜训了几个月，也没有见过一个共产党，自然都很愿意听，都说："说吧！反正明天又没有什么事，迟睡一会有什么要紧？"铁锁一纵身蹲在椅子上，又自己斟得喝了一盅酒，把腰一挺头一扬，说起他在太原时代的事情来。铁锁活了二十七岁，从来也没有这天晚上高兴，说的话也干脆有趣，听的人虽然也听过好多先生们演说，都以为谁也不如铁锁，他把他在太原见的那些文武官员，如参谋长、小喜、河南客、尖嘴猴、鸭脖子、塌眼窝、胖子、柱子等那些人物、故事，跟说评书一样，枝枝叶叶说了个详细；说到满洲坟遇小常，把小常这个人和他讲的话说得更细致，叫听的人听了就跟见了小常一样；说到小常被人家捉去，他自己掉下泪来，听的人也个个掉泪。最后他才说出"听一个老木匠说小常是共产党"。

他的话讲完了，听的人都十分满意。大家成天听小喜说共产党见人就杀，见房就烧，早就有些不大信，以为太不近情理，以为世界上哪有这专图杀人的人，现在听铁锁这样一说，才更证明了小喜他们是在那里造谣。冷元又问道："这么说来，共产党是办好事的呀！为什么还要防共啦？"没有等铁锁开口，就有人替他答道："你就不看办防共的都是些什么人？像铁锁说的那些参谋长啦，三爷、五爷啦，五爷公馆那一伙啦；又像放八当十的六太爷啦，咱村的村长啦，小喜、春喜啦……他们自然要防共，因为共产党不来是他们的世界，来了他们就再不得逞威风了，他们怎么能不反对啦？"冷元道："这么说起来，咱们当防共保卫团，是给人家当了看门狗了吧？"大家齐笑道："那当然是了！"话谈到这里，夜已深了，大家也就散了。

这几个听了铁锁谈话的人，都以为共产党是好人，虽然人家防范得过严，谁也不敢公开说共产党的好处，可是谁没有个亲近的朋友，一传十，十传百，不几天，村里的好人都知道小喜、春喜他们那一套训练是骗人的了。幸而没人跟小喜、春喜那些人说，因此他们不知道这些话，只不过觉着防共团的团丁们越来越松罢了。

"共产党专打小喜他们那一类坏家伙，不杀老百姓。"这个消息越传越普遍，传得久了，小喜、春喜他们多少听到些风，着实问起来，谁也听的是流言，都不知道是从哪里传来的。可惜后来仍然不免惹出事来，这话又是冷元那个冒失鬼说漏了的。

原来杨三奎的小闺女巧巧长得十分清秀，出嫁以后当了新媳妇，穿得更整齐一点，更觉可爱，都说是一村里头一个好媳妇。小喜是个酒色之徒，自己也不讲个大小，见哪家有好媳妇，就有一搭没一搭到人家家里闲坐。自从巧巧出嫁了，他就常到白狗那里去。白狗这小孩子家，对他也没有办法，修福老汉也惹不起他，他来了，大家也只好一言不发各做各的活，等他坐得没意思了自己走。一天冷元在白狗家，白狗和他谈起小喜怎么轻贱，冷元说："共产党怎么直到如今还不来？你姐夫不是说来了就要杀小喜他们那些坏家伙吗？"这时候小喜刚刚走到院里，听见这话，就蹑着脚步返回走了。

小喜回去把这话向春喜说了，春喜这几天正因为"防共"没有成绩受了区团长的批评，就马上把这事写成一张报告呈给区团长，算做自己一功。区团报县团，县团转县府，县府便派警察捉去了铁锁。

要是早半年的话，铁锁就没有命了，这时已是民国二十五年（1936年）的夏天，一来共产党又退回陕西，山西"防共"的那股疯狂劲已经过去；再者这位县长太爷在上一年冬天杀人最凶的时候，共产党在他住的房子门上贴过张传单，吓得他几夜睡不着觉，以后对共产党也稍稍客气了一点，因此对铁锁这个案件也放宽了一点。他问过铁锁一堂之后，觉着虽然也与共产党有过点关系，可是关系也实在太小，也杀不得也放不得。因为公道团向各村要"防共"成绩，各村差不多都有胡乱报告的，像铁锁这样案情的人就有一大群。后来县长请示了一下，给他们开了个训导班，叫他们在里边一面做苦工一面受训——训练的课程，仍是铁锁听小喜、春喜说过几千遍的那一套。

办这个训导班的人，见这些受训人都是些老老实实的受苦汉，就把他们当成自己的不出钱伙计，叫他们做了一年多的苦工。直到"七七"事变以后，省城早经过好多人要求把政治犯（就是和官府主张不同被扣起来的人）都释放了，他们仍连一个也舍不得放出来。后来还是牺盟会来了要动员群众抗日，才向县府交涉，把这批人放出去。

七

　　山西的爱国人士组织的牺牲救国同盟会（简称"牺盟会"），在"七七"事变后，派人到县里来发动群众抗日。这时候，八路军已经开到山西打了好多大仗，在平型关消灭了日本的坂垣师团。防共保卫团也已经解散了，铁锁住的这个训导班再没有理由不结束。结束的时候，牺盟会派了个人去给他们讲了一次话。话讲得很简单明白，无非是"国共已经合作了，这种反共训导班早应结束了，以后谁再反共谁就是死顽固""大家回去要热心参加抗日工作……"这一类抗战初期动员群众的话。可是听话的人差不多都是因为说闲话提了提共产党，就被人家圈起来做了一年多苦工，在这一年多工夫中，连个"共"字也不敢提了，这时听了这话，自然大大松了一口气，觉着世界变了样子。

　　铁锁自己，听话还是其次，他注意的是说话的人。当这人初走上讲台，他看见有点像小常——厚墩墩的头发，眼睛好像打闪，虽然隔了六七年，面貌也没有很改变，说话的神情语调，也和他初搬到满洲坟在院子里听他第一次讲话时一样。在这人讲话时候，他没有顾上听他说的是什么，他只是研究人家怎样开口，怎样抬手，怎样转身……越看越像，越听越像。这场讲话，差不多一点钟工夫就结束了，大家都各自回房收拾行李准备回家，铁锁也顾不得回房里去，挤开众人向这讲话的人赶来。

　　他赶上来，本来想问一声是不是小常，走到跟前，看见人家穿得一身新军服，自己滚得满身灰土，衣裳上边又满是窟窿，觉着丢人。"倘或不是小常，又该说些什么？"他这样想着，怎么也不好意思开口。可是他又觉着"如果真是小常，也不可当面错过"，因此也舍不得放松，就跟着走出街上来。一年多不见街上的景致，他也顾不得细看，只是跟着人家走。跟了一段，他想"不问一下总不得知道"，就鼓着勇气抢了几步问道："哎！你是不是小常先生？"那人立刻站住，回过头来用那闪电一样的眼睛向他一闪，愣了一愣返回来握住他的手道："这么面熟，怎么想不起来？"铁锁道："在太原满洲坟……"那人笑道："对对对！就是后来才搬去的那一位吧？晚上提了许多问题，是不是？"铁锁道："就是！"那人的手握得更紧了，一边又道："好我的老朋友！走，到我那里坐坐去！"他换了左手拉着铁锁的右手跟他并走着，问铁锁的姓名住址，家庭情形。铁锁自然也问了他些被捕以后的事。

铁锁因为酒后说了几句闲话，被人家关起来做了一年多苦工，这时不止自己出了笼，又听说真正的共产党也不许捉了，又碰上自己认为的天下第一个好人，你想他该是怎样高兴呢？他连连点头暗道："这就又像个世界了！"他虽跟小常拉着手并肩走着，却时时扭转头看小常，好像怕他跑了一样。街上的热闹，像京广杂货、饭馆酒店、粮食集市、菜摊肉铺……人挤人，人碰人，在他看来毫不在意，好像什么也没有看见，只看见身边有个小常。

不大一会，走到牺盟会，小常请他喝了盅茶以后，就问起他近几年村里的情形来。铁锁自从太原回来以后，六七年来又满满闷了一肚子气，恨不得找小常这样一个人谈谈，这时见了原人，如何肯不谈？他恐怕事情过长，小常不耐烦听，只从简短处说；小常反要他说得详细一点，听不明的地方还要拦住问个底细，说到人名地名还问他是哪几个字。他一边谈，小常一边用笔记。谈了一会，天晌午了，小常就留他在会里吃饭，吃饭时候又把他介绍给五六个驻会工作的同志们认识。吃过饭，仍然接着谈，把村里谁是村长、谁是公道团长、谁是防共保卫团长，每天起来都干些什么勾当；自己因什么被关起来做了一年多苦工……详详细细谈了一遍。谈完以后，小常向他道："我们这里派人到你村去过一次，不过像你说的这些情形，去的人还没有了解。现在你村里也有一点小变动！"说着他又翻出派去的人寄来的报告信看着道："村长换成外村人了，听说是在太原受过训的。李如珍成了村副。防共保卫团改成抗日自卫队了，不过队长还是李继唐（就是小喜），公道团长还是李耀唐（春喜）。"

铁锁听了这种变动，叹了一口气道："难道李如珍、小喜、春喜这些人的势力是铁钉钉住了吗？为什么换来换去总是他们？你不是说过'非把这些坏家伙们打倒，世界不能有真理'吗？你不是说过'有个办法能叫大家齐心'吗？可惜那时候你没有告我说这个办法就叫人家把你捉走了。如今我可要领领这个教！"小常哈哈大笑道："好我的老朋友！你真是个热心热肠的人！这个办法我今天可以告给你了，这个办法并不奇怪，就是'要把大家组织起来'。这么说也很笼统，以后我们慢慢谈吧！我们牺盟会就是专门来干这事的，不只要对付这些家伙们，最重要的还是抵抗日本帝国主义。不过不对付这些家伙们，大多数的好老百姓被他们压得抬不起头来，如何还有心抗日？这些事马上说不明白，一两天我就要到你们那一区的各村里去，也可以先到你们村子里看看，到那时候咱们再详细谈吧！你一年多了还没有回去啦，可以先回去看一下，等几天我就去了。"铁锁又道："你是不是能先告我说怎样把大家组织起来，我回去先跟几个自己人谈谈。"小常见他这样热心，连声答道："可以可以！你就先参加我们牺盟会吧！"说着就给他拿出一份牺盟会组织章程和入会志愿书，给他讲解了一下，然后问他会写字不会。他说写不好，小常便一项一项问着替他往上填写，写完又递给他看了一下，问他写得对不对。他看完了完全同意，又递给小常收起来。小常又告他说："就照这样收会员，以后有什么要做的事，大家开会决定了大家来做，这就叫组织起来了。"又给他拿了几份组织章程道："你回去见了你自己以为真正的好人，就可以问他愿意入会不；他要愿意，你就可以算他的介绍人，介绍他入会。我们派出去那个同志姓王，还在你们那一带工作，谁想入会，可以找他填志愿书，我可以给他写个信。"说着他便写了个信交给铁锁。

太阳快落的时候，铁锁才辞了小常回自己住了一年多的那个圈子里收拾行李。他回去见人已经走完了，灶也停了，只剩自己一条破被几件破衣服，堆在七零八落的铺草堆里。他把这些东西捆好以后，天已黑了，没钱住店，只好仍到牺盟会找着小常住了一夜。第二天早上，小常又留他吃过早饭，他便回家去了。

他在回家的路上，一肚子高兴憋得他要说话，可是只有他一个人，想说也没处说，有时唱几句戏，有时仰天大叫道："这就又像个世界了！"八十里小跑步，一直跑回村子里去。这时正是收罢秋的时候，村里好多人在打谷场上铡草，太阳虽然落了却还可以做一阵活，见他回来了，就都马上停了工，围着他来问询。孩子们报告了二妞，二妞也到场上来看他。

他第一个消息自然是报告"小常来了"。这个消息刚一出口，一圈子眼睛一下子都睁大了许多，一齐同声问道："真的？""在哪里啦？"他便把在县里遇小常的一段事情说了一遍。原来这村里知道小常的，也不过只是上年正月初三在修福老汉家听铁锁谈话的那几个人，可是自铁锁被捕以后，知道的人就越来越多了，因为铁锁一被捕，谁也想打听是为什么来，结果就从冷元口中把铁锁那天晚上谈的话原封传出去。后来春喜知道了，又把冷元弄到庙里，叫他当众说了一遍。在春喜是想借冷元的话证明铁锁真与共产党有过关系，以便加重他的罪，可是说了以后，反叫全村人都知道世界上有小常这样一个好人了。大家这会见铁锁说小常不几天要来，都说："来了可要看看是怎么样一个人啦。"

这天晚上，铁锁又到修福老汉那里问他近来村里办公人的变动，修福老汉说的和小常接到王同志的报告差不多，只是又说这位新来的村长，是春喜一个同学，说是受过训，也不过是嘴上会说几句抗日救国的空话，办起事来还跟李如珍是一股劲，实际上还跟李如珍是村长一样。又谈到牺盟会派来的王同志，修福老汉道："是一个十六七岁的小孩子，说话很伶俐，字写得也很好，可惜人太年轻，不通世故。他来那几天，正是收秋时候，大家忙得喘不过气来，他偏要在这时候召集大家开会。老宋打了几遍锣，可是人都在地里，只召集了七八个老汉跟几个六七岁的小孩子，他不知道是因为人忙，还说大家不热心。"铁锁又说到小常叫他回来组织牺盟会，修福老汉道："已经组织起来了，我看那也没有什么用处。"铁锁觉着奇怪，忙问道："几时组织的？谁来组织的？"修福老汉道："还是姓王的那个孩子来的时候，叫村长给他找个能热心为大家办事的人，忙时候，正经人都没工夫，村长给他找了个小毛陪他坐了半天。他走后，小毛跟村里人说人家托他组织牺盟会，前天才挨户造名册，可不知道报上去了没有。"铁锁听罢摇着头道："想不到这些家伙们这样透脱，哪一个缝子也不误钻！"

　　他虽然白天跑了八十里路，晚上又谈了一会话，回去仍然没有睡着。自他被捕以后，二妞到城里去探过他三次：第一次人家说还没有判决，不让见面；第二次、第三次，虽然见了，又只是隔着门说了不几句话，人家就撵她走了，因此也没有看清自己的丈夫累成了什么样子，只是盼望他能早些出来就是了。这时，人是回来了，可是身上糟蹋得变了样子：头发像贴在头上的毡片子，脸像个黄梨，袖子破得像两把破蒲扇，满身脏得像涂过了漆，两肘、两膝、肩膀、屁股都露着皮，大小虱子从衣服的窟窿里爬进去、爬出来。二妞见人家把自己的男人糟蹋成这个样子，自然十分伤心，便问起他在县里是怎么过。听铁锁说到怎样喝六十年的老仓米米汤，怎样睡在草堆里，抬多么重的抬杆，挨多么粗的鞭子……惹得她抱住铁锁哭起来。铁锁从小就心软，这几年虽说磨炼得硬了一点，可是一年多没有见一个亲人了，这会见有人这样怜惜自己，如何能不心恸，因此也忍不住与她对哭。两口子哭了一会，二妞又说了说近一年来家里的困难，最后铁锁又告她说世界变了，不久就要想法打倒那些坏家伙，说着天就明了。

八

二妞虽然过的是穷日子，却不叫累了身面，虽是补补衲衲的，也要洗得干净一点。铁锁这一身，她以为再也见不得人，马上便要给他洗补。窟窿又多，又没有补丁布，只好盖上被子等。

二妞到河里去洗衣服，家里再没有别人，邻居们来看他，他只好躺着讲话；邻居们走了，他就想他自己的事。他想："小常说组织起来就是办法，也说的是组织好人，像小毛这些东西，本来就是那些坏家伙的尾巴，组织进去一定不能有什么好处。"小常给他写的信他还带着，在路上还打算一到家就先去找王同志，到这会看起来这王同志也不行，因此就决定暂且不去找他。小毛既然也在村里组织牺盟会，自己就且不去组织，免得跟他混在一起，还是再到县里去一趟，先把这些情形告给小常知道。晌午吃饭时候，冷元们一伙人又端着碗来跟他闲谈，说到组织牺盟会，大家也说："要想法子不跟小毛这些人碰伙，免得外人认不清咱们是干什么的。"这样一说，越发帮助他打定了先到县里见小常的主意，他便想等这天补好衣裳，第二天就去。

天气冷了，洗出来的衣服不快干，直等到后半晌才干了，二妞便收回来给他补。衣服太破，直补到快吃晚饭，才补完了个上身。就在这时候，看庙的老宋来了，说庙里来了个牺盟会的特派员要找他。他问老宋道："是不是二十五六岁一个人，头发厚墩墩的，眼睛像打闪，穿着一身灰军服？"老宋道："就是！"他一卜子从被子里坐起来向二妞道："小常来了！快给我衣裳！"老宋问道："那就是小常？"他说："是！"老宋见他还没有穿衣裳，便向他道："你后边来吧！我先回去招呼人家。"说了便先走了。二妞把补好了的夹袄给他，又拿起裤来看着上面的窟窿道："这太见不得人了，你等一等我给你去借白狗一条裤子去！"说着她便跑出去了。修福老汉住的院子，虽说离不多远，走起来也得一小会，要找白狗的裤，巧巧自然也得翻一会箱，铁锁去见小常的心切，等了一下等得不耐烦了，就仍然穿起自己的窟窿裤来往庙里去，等到二妞借裤回来，铁锁已经走到庙里了。

裤子虽没有趁上用，"小常来了"的消息却传出去了——巧巧传白狗，白狗传冷元。什么事情只要叫冷元知道了，传起来比电话还快，不大一会就传遍全村，在月光下只听得满街男女都互相问询："来了？""来了？"

铁锁到了庙里，见村公所已经点上灯，早有村长、春喜、小毛他们招呼着小常吃过饭，倒上茶。铁锁一进去见他们这些人坐在一块，还跟往日一样，站在门边。村长他们三个人自然没有动，小常却站起来让座，铁锁很拘束地凑到小毛坐着的板凳尖上。小毛向铁锁道："这是牺盟会的县特派员，见了面也不知道行个礼？"小常微笑着道："我们是老朋友！"说着和铁锁握了一下手，让他坐下。铁锁在这种场面上，谈不出话来，村长他们见桌面上插进铁锁这么个气味全不相投的老土，自然也没有什么要谈的话，全场静了一会，只听得窗外有好多人哼哼唧唧，村长向着窗喊道："干什么？"窗外的人们哗啦啦啦都跑出庙门外去了。

小常看见这里不是老百姓活动的地方，就站起来向铁锁道："我上你家里看看去！"铁锁正觉着坐在这里没意思，自是十分愿意，便领着小常走出来。到了庙门口，被村长喊跑了的那伙人还在庙门口围着，见他两人出来了，就让出一条路来，等他两人走过去，跟正月天看红火一样，便一拥跟上来。到了铁锁门口，铁锁让小常往家里去，小常见人很多，便道："就在外边坐吧！"说着就坐在门口的碾盘上。看的人挤了一碾道，妇女、小孩、老汉、老婆……什么人都有。有个孩子挤到碾盘上，悄悄在小常背后摸了摸他的皮带。冷元看见小毛也挤在人缝里，便故意向大家喊道："都来吧！这里的衙门浅！"大家都轰的一声笑起来。小常听了，暗暗佩服这个人的说话本领。铁锁悄悄向小常道："这说话的就是冷元，就是我跟你说的那个好说冒失话的。"又见大家推着冷元低声道："去吧去吧！"大家一手接一手把他推到碾盘边，冷元向铁锁道："大家从前听你说，这位常先生很能讲话，都想叫你请常先生给我们讲讲话！"铁锁顺便向小常道："这就是冷元。"小常便向冷元握手相认。冷元又直接向小常道："常先生给我们讲讲话吧？"小常看见有这么多的人，也是个讲话的机会，只是他估量这些人都还没有吃过晚饭，若叫他们吃了饭再来，又怕打断他们听话的兴头，因此就决定只向他们讲一刻钟。主意已定，便回答冷元道："可以！咱们就谈一谈！"他看见旁边有个簸米台，便算成讲台站上去。听话的人还没有鼓掌的习惯，见他站上去，彼此都小声说："悄悄！不要乱！听！"马上人都静下来，只听他讲道：

"老乡们！我到这里来是第一次，只认得这位铁锁，我们是六七年前的老朋友。不过我到这里，可也不觉得很生，咱们见一面就都是朋友——比方我跟铁锁，不是见了一面就成朋友了吗？朋友们既然要我讲话，我得先说明我是来做什么的。我是本县牺盟会的特派员，来这里组织牺盟会。这个会叫'牺牲救国同盟会'，因为嫌这么叫起麻烦，才叫成'牺盟会'。大家知道不知道为什么要救国啦？"

有些说："知道！因为日本打进来了。"

小常接着道："好几个月了，我想大家也该知道一点，这里我就不多说了。这'打日本救中国'是我们大家的事，应该大家一齐动起来，'有钱的出钱，大家出力'。从前是有钱的不肯拿出钱来，只在没钱人的骨头里榨油，这个不对，因为救国是大家的事，日本人来了有钱人受的损失更大，不应该叫大家管看门，有钱人光管睡觉——力是大家出，可是有钱人一定得拿出钱来。"

有人悄悄道："人家认这个理就是对！"

小常接着道："至于大家出力，要组织起来才有力量。这个'组织起来'很不容易。要听空名吧，山西早就组织起来了：总动员委员会、自卫队、运输队、救护队、妇女缝纫队、少年除奸团、老人祈祷会，村村都有，名册能装几汽车，可是我问大家，这些组织究竟干过一点实事没有？"

大家都笑了，因为他们早就觉着这些都没有抵什么事。

小常仍接着一气说下去："这种空头组织一点也没有用处，总得叫大家都干起实事来，才能算有力量的组织。为什么大家都不干实事啦？这有两个原因，就是大多数人，没有钱，没有权。没有钱，吃穿还顾不住，哪里还能救国？像铁锁吧，你们看他那裤子上的窟窿！抗日要紧，可是也不能说穿裤就不要紧，想动员他去抗日，总得先想法叫他有裤穿。没有权，看见国家大事不是自己的事，哪里还有心思救国？我对别人不熟悉，还说铁锁吧。他因为说了几句闲话，公家就关起他来做了一年多苦工。这个国家对他是这样，怎么能叫他爱这个国家呢？本来一个国家，跟合伙开店一样，人人都是主人，要是有几个人把这座店把持了，不承认大家是主人，大家还有什么心思爱护这座店啦？没钱的人，不是因为懒，他们一年到头不得闲，可是辛辛苦苦一年，弄下的钱都给人家进了贡——完粮、出款、缴租、纳利、被人讹诈，项目很多，剩下的就不够穿裤了。没权的人，不是因为没出息，是因为被那些专权的人打、罚、杀、捉、圈起来做苦工，压得大家都抬不起头来了。想要动员大家抗日，就得叫大家都有钱，都有权。想叫大家都有钱，就要减租减息、执行合理负担、清理旧债、改善群众生活。想叫大家都有权，就要取消少数人的特别权利，保障人民自由，实行民主。这些就是我们牺盟会的主张，我们组织牺盟会就是要做这些事。至于怎样组织，怎样行动，马上也谈不到底，好在我明天还不走，只要大家愿意听，咱们明天还可以细谈。"

十五分钟的讲话结束了，大家特别听得清楚的就是有了裤子才能抗日，有了权才愿救国，至于怎样减租减息、执行合理负担、实行民主……还只好等第二天再听。不过就听了这一点大家也很满意，散了以后，彼此都说"人家认理就是很真""就是跟从前衙门派出那些人来说话不同"。

二妞只顾听话，一小锅菜汤滚得只剩下半锅。铁锁见小常讲完了话，就把他招呼到自己家里，一边吃饭，一边向他谈近来村里的情形。白狗冷元们几个特别热心时事的人，不回去吃饭就先凑到铁锁家里来问长问短。当铁锁把王同志来了以后，小毛在村里组织牺盟会的事说出来，小常道："王同志一来人年轻，二来不了解村里的情形，因此错把小毛当成好人，这我可以给他写个信，提醒他一下。以后他来了，你们也可以再把村里的情形向他细谈一下。小毛造那个名册，我们不承认它。我们这牺盟会的组织章程，是要叫入会的人，先了解我们的主张，然后每个人自愿地找上介绍人填上志愿书，才能算我们的会员。"铁锁道："他造的名册我们可以不承认；可是他自己入会是王同志介绍的，怎么才能把他去了呢？"小常笑道："这个我想可以不用吧！他从前为人虽说不好，现在只要他不反对我们的主张，我们能不叫人家救国吗？"冷元抢着道："不行不行！他跟我们是两股劲，怎么能不反对我们的主张？像你说那'有钱的出钱'，我先知道他就不会实行。他虽是个有钱的，可是进得出不得，跟着李如珍讹人可以！"小常道："这也不怕他，只要他入了会，就得叫他实行会里的主张；什么时候不实行我们的主张，我们大家就开除他出会。"冷元笑向铁锁道："这也可以！以后有了出钱的事，就叫他出钱；他不出钱，就撵他出会。"白狗跟另外几个青年都向冷元笑道："对！这么着管保开除得了他！"小常笑向他们道："不许人家变好了？"冷元道："还变什么啦？骨头已经僵硬了！"小常道："不过咱们既然收下他，还是盼他变好；实在变不过来，那也只好不再要他。"要不要小毛的问题，就谈到这里算了。冷元他们几个人又问了些别的事，也都回家吃饭去。小常写了一封信，交给铁锁，叫他第二天早晨到区上去叫王同志，铁锁便送他回庙里睡去。

当小常在铁锁门口讲话的时候，小毛也在那里听；后来小常讲完了话到铁锁家里去了，小毛赶紧跑到庙里向村长、春喜他们报告，说小常说了些什么什么。春喜说："这样看来，他们跟我们是反对的。不过这牺盟会现在的势力很大，要好好抓住这机会，把它抓到咱们手里。你既然跟那个姓王的孩子接过头，又造了名册，你自然是这村里第一个会员了，那你今天晚上就向这特派员报告工作。要跟他表示亲近一点！"小毛又跟他计划了一会对付小常的话，小毛就回去了。他一见小常，就站起来低声下气道："回来了，特派员？我正说去接你啦！老宋！倒茶！"老宋倒上茶来，小毛又接着道："累了吧，特派员？你讲的话真好，真对！非大家组织起来不能救国！我自从听说日本打进咱中国来，早就急得不行了，可惜有力也使不上，不知道该怎样才能救国。那天咱会里的王工作员来了，要找个能热心给大家办事的人，村长就找到我名下。我也办不了什么事，只是好为大家的事跑个腿帮帮忙，村长既然找到我名下，我就来了。一见了王工作员，我们两人就说对了，王工作员就托我在村里组织牺盟会。如今也组织好了，昨天晚上才造好名册，正预备往上报，特派员就来了。"他说到这里，就到村长的桌上取过他新造的名册来递给小常道："特派员，你看，人还不少！"小常听见他一个"特派员"两个"特派员"，话也说得顺溜溜的，想道："怨不得王同志上他的当，这家伙嘴上还有两下子！"后来他取出名册，小常接住没有翻开就放在桌上道："明天再看吧，今天实在累了！"他见小常不愿意再谈下去，也就顺着小常道："对，特派员跑了路了，就早点歇吧！老宋！给特派员打铺！"说着他便走出来了。

那一边，冷元们从铁锁家里回去吃了饭，又聚到修福老汉家里去谈组织起来的事。他们一致都觉着铁锁说得对，小常就是他们见过的人里边第一个好人。白狗说："这回可不要错过，赶紧请人家组织咱们一下！"只有小常说的不能不叫小毛入会，他们不赞成。有一个说："到组织的时候，只要小毛说话，咱们就碰他。冷元哥！你会说扔砖头话，多多给咱碰小毛几家伙！"又有个说："是平常时候不敢说吧，会说扔砖头话的人多啦！白狗还不是冷元的大徒弟？"还有几个青年说："我是二徒弟！""我是三徒弟！""……"修福老汉说："要看势，也不要太过火了！"冷元说："不怕！你不听小常说以后大家都要有权啦吗？只要说到理上，他能把咱们怎么样？我看这世界已经变了些了，要不小常这些人怎么能大摇大摆来组织咱们来？"有的说："对，胆子放大些吧！"七嘴八舌吵了一会，都主张痛痛快快碰小毛一顿。

第二天早晨，铁锁到区上叫王工作员去了，小常在庙里等着。他坐着没事，就在庙里来回游玩。这庙院，上半院仍是神像占着，下半院东西两座大房子，一边是公道团，一边是村公所，正南戏台下边是厨房，东南是大门，西南角房是自卫队队部。左看右看，也没有一个房子能叫牺盟会占。他见大门内还有坐东朝西一间小屋子，开门一看老宋住在里边。老宋问他要什么，他说："没有事，我是闲玩。"说着随手又给他把门闭住。这时候，大门忽然开了个缝，一个很精干的青年伸进一颗头来。这个青年看见有人，正把脖子往回一缩，忽然认得是小常，便笑道："我当是村长来！"他又把门缝开大了一点进来了，原来是白狗。小常虽然不知道他的名字，却见过他——头天晚上在碾道讲完了话，他也到铁锁家里去，还问长问短。小常笑向他道："是村长你就不敢进来了？"白狗嘻嘻地笑了。小常问他道："你找谁？"白狗道："就找你！"小常道："找我做什么？"白狗道："问问你几时还给我们讲话啦。"小常道："大家这几天还忙不忙？"白狗道："不很忙了，都杀地啦。大家都想听你讲话。只要你说定几时讲，谈一晌也不要紧！"小常道："晌午再决定吧！决定了我通知你们。"白狗答应着去了，小常就仍回公所的房子里来。

他叫村长给牺盟会找个办事的地方，村长说庙里没有房子了，村里还有一座公房，从前是打更的住的地方，这会空着，可以用。村长不愿意叫牺盟会到庙里来，怕他们来了以后，自己跟李如珍、春喜、小喜这些人谈起什么来不方便。小常觉着庙里既然有村公所、公道团，平常的老百姓就不愿意进来，这种成见马上还打不破，况且谈起村里的坏家伙们来也不方便，因此也不愿意把地点弄到庙里来。这样两方的心事一凑合，就决定用庙外的地方了。

早饭时候，铁锁也回来了，王工作员也来了，大家先去看过房子，决定就在这里。铁锁马上去叫了十几个人来，扫地的扫地，糊窗的糊窗，垒火炉，借桌凳……不多一会就把个房子收拾得像个样子。小毛虽然也在里边手忙脚乱卖弄他的热心，可是大家都不答理他，又故意笑笑闹闹叫他看。

小常跟王工作员谈了一会村情，又叫他以后对哪些人、哪些事不明白时候多问铁锁。他们又决定就在本天午饭以后，再开一个群众大会，重新给大家谈一谈牺盟会的行动纲领和组织纲领，然后叫大家自动入会。

晌午白狗又来问小常几时讲话，小常就顺便告他说吃过午饭要开个群众会。他问过以后，端着碗满村跑，一会全村就都知道了。小常吃过饭，向村长说要在下午召开个群众会，村长答应着，正吩咐老宋去打锣，白狗就跑进来向小常道："特派员，请你到更坊（就是上午收拾的那间房子）门口去讲话啦！"小常道："知道了，正说着去打锣集合啦！"白狗道："不用打了，人都到齐了！"说着小毛也跑进来请小常去讲话，并且又把那个名册从桌上拿起来道："拿上咱的名册点点名！"小常正准备处理这个名册的事，见他拿上了，也不禁止。

到了更坊门口，男男女女早已坐下一大群，跟坐在戏台下等开戏一样。不知道是哪几个人懂得鼓掌，当小常走近的时候，有两三个人拍起手来，有些孩子们跟着拍，慢慢全场上也就跟着拍起来了。早有人在更坊阶台上放了一张桌，大家都面朝着那里，小常知道那就是讲台，便走上去，王工作员跟上去，小毛也跟上去把名册恭恭敬敬递给小常。

鼓掌声停了，人都静下来，小常翻开名册。这时小毛看见用起他的名册来了，十分得意。冷元、铁锁他们几个人却都摇头，暗想道："昨天晚上不是说不承认他那个名册吗？为什么还要用它！"只见小常看着最后一个名字叫道："崔黑小！"一个三十来岁的人站起来答道："在！"这人是河南滑县来的一个逃荒的，穿的衣裳，粗看好像挂了几片破布。他好像不敢见人，站起来答了一声就又把头低下。小常问他道："你因为什么入会？"崔黑小用他那豫北话答道："咱不知道！"小常又问道："谁介绍你？"他抬起头来反问道："啥呀？"小常又说了一遍，他仍用他那豫北话道："咱不懂！"冷元他们那些扔砖头话早就预备好了，这个说"谁也不懂"，那个说"只有小毛一个人懂得"，小毛急了，便向崔黑小发话道："不是我介绍的你？"崔黑小道："你问我多大岁数，写了我个名，我也不知道是弄啥啦呀？"扔砖头话跟着又都出来了："查户口啦！""挑壮丁啦！""练习字啦！"……小常便正正经经向小毛道："同志！这样子发展会员是不对的！你想他们连会里的行动纲领、组织纲领都不懂，哪里会有作用啦？"小毛分辩道："他是个外路人，不懂话。我不过把他浮记在后边，本来就没有算他。"小常道："噢，原是这样，那就再问问本地人吧！"小常又翻开名册，从头一名李如珍问起。李如珍答了几句笼统话，也说不出具体要做些什么来。小常挨着一个一个往下问，有的老老实实说"不知道"，有的故意说些风凉话——比方说"为了敬老爷""为了娶老婆"……小常问了两张以后，便停住了问，又正正经经向小毛道："不行！咱们事前的宣传工作不够！"又向大家道："我也不用再往下问了，看样子是谁也不了解。我们这个会，特别要讲究自愿，总得宣传的人先把会的纲领讲明白，谁赞成我们的纲领，自己找两个会员来介绍，再经过当地的分会组织委员准许，然后填了志愿书，才能算本会会员。现在这个名册作为无效，咱们再重新宣传、重新组织。"冷元他们几个人齐喊道："对！"冷元道："又可惜把好几张纸糟蹋了！"小常接着道："现在我先把牺盟会的行动纲领给大家谈谈。"接着就本着牺盟会行动纲领的精神，用老百姓的话演义了一番，说得全村男男女女都知道牺盟会是干甚的了。

他讲完了行动纲领以后，又说道："现在大家既然知道牺盟会是干什么的了，谁想干这些，就可以自动报名。这个名册上的人，都没有按入会的章程入会，按章程入会的，在你们村子里只有两个人：一个是铁锁同志，我介绍的；一个是小毛同志，王同志介绍的……"才提出小毛的名字，大家轰隆轰隆嚷嚷起来："不要小毛！""不要狗尾巴！"……白狗故意挤到前边大声道："为什么不要？特派员说过'有钱的出钱'，人家很有钱，有了人家，会里花钱不困难！"又有人说："会里不用什么钱！不要他！"又有人说："怎么不用钱？花钱路多啦！打日本能不用枪？教人家老叔给咱买几条枪！"又有人说："你怕他不给你买啦？跟着龙王吃贺雨可以，叫他出钱呀？"冷元说："那可不能由他！你不听特派员说'会员得照住纲领办事'吗？'有钱的出钱'是'纲领'，只要他是个会员！"小毛听到要他出钱，已经有点后悔，却也不好推辞，正在踌躇，又听有个人说"出钱也不要他"，他便就着这句话道："大家实在跟我过不去，我不算好了！"又向小常道："特派员，入了会还能退出不能？"小常道："在咱们的组织章程上看，出入都是自由的，不过能不退出还是不退出好，多一个人多一份力量。"小毛低声道："不！大家跟我心事不投，不要因为我一个人弄得会里不和气！"他满以为小常不知道他的为人，才找了几句大公无私的话来卖弄，好像真能为大家牺牲自己。小常早已猜着他是被大家叫他出钱的话吓住了才要退出，可是也不揭破他的底，也很和气地低声答道："那你看吧！完全由你！"他见准他退出，除不以为耻，反而赶紧向大家声明道："大家不用说了，我已经请准特派员退出了！"全场鼓掌大笑。

小常怕小毛面子上不好看，本不想在当场宣布了，也就宣布道："小毛同志既然一再要退出，我们以后也只好请他在会外帮忙吧！这么一来，你们村子里现在只剩铁锁一个人是会员了。自今天晚上起，我跟王同志就都住在这新房子里，谁想入会就可以到这里报名。我，王同志，还有铁锁，我们三个都可以当介绍人。我还要到别的村里走走，王同志可以多住几天，帮你们成立村分会。"谈到这里，会就结束了。

当晚，冷元、白狗等六七个热心的人，到村里一转，报名的就有三十多个。小常见事情这样顺利，次日也没有走，当下就开了成立大会，选出负责人——铁锁是秘书，杨三奎老汉的组织委员，冷元的宣传委员。负责人选出后，小常和王工作员又指导着他们分了小组，选了小组长，定下会议制度，这个会就算成立了。

九

下午开过了村牺盟分会的成立大会，晚上，小常、王工作员正跟铁锁他们几个热心的青年人们谈话，忽然来了个穿长衣服的中年人，拿着个名片递给小常，说道："特派员！我爹叫我来请你跟王同志到我们铺里坐一坐！"小常接住片子一看，上边有个名字是"王安福"，便问铁锁道："这是哪一位？怎么没有听你提过？"冷元在旁抢着道："是村里福顺昌的老掌柜，年轻时候走过天津，是个很开通的老人家。自从听说日本打进来，他每逢县里区里有人来了，总要打听一下仗打得怎么样。"别的人也都说："去吧！你给老汉说些打胜仗的消息，老汉可高兴啦，逢人就往外传！"小常说了声"好吧"，便同王工作员，跟着王安福的儿子到福顺昌来。

他们走近铺门，一个苍白胡须的高鼻梁老汉迎出来，规规矩矩摘了他的老花眼镜向他们点过头，又把眼镜戴上，然后把他们让到柜房。柜房的桌子上早摆好了茶盘——一壶酒、几碟子菜——虽不过是些鸡子、豆腐常用之物，却也弄得鲜明干净。小常一见这样子，好像是有甚要求——前些时候，城里有几个士绅，因为想逃避合理负担，就弄过几次这种场面——可是既然来了，也只好坐下。他想如果他提出什么不合理的要求，根据在城里的经验，就是吃了酒饭，仍旧可以推开。

小常这一回可没有猜对。王安福跟那些人不一样，完全没有那个意思。他对别的从县里区里来的人，也没有这样铺张过，这时对小常，完全是诚心诚意地另眼看待。"七七"事变后，两三个月工夫日本就打进山西的雁门关来，这完全出他意料之外。他每听到一次日本前进的消息，都要焦急地搔着他的苍白头发说："这这这中国的军队都到哪里去了？"他不明白这仗究竟是怎样打的，问受过训的村长，村长也说不出道理来；问县里区里来的人，那些人有的只能告诉他些失败的消息，有的连这消息也没有他自己知道的多，道理更说不上；虽然也有人来组织这个"团"那个"会"，又都是小喜、春喜一类人主持的，也不过只造些名册，看样子屁也不抵；他正不知照这样下去将来要弄成个什么局面，忽然听说小常来了，他觉着这一下就可以问个底细了。小常这人，他也是从铁锁被捕以后才听到的。当时是反共时期，他不敢公开赞成，只是暗暗称赞，因为他也早觉着"非把那些仗势欺人的坏家伙一齐打倒，世界不会有真理"，只是听说小常是共产党，这点他不满意。春喜他们说共产党杀人放火他是不信的，他对于共产党，只是从字面上解释，以为共产党一来，产业就不分你的我的，一齐成了大家的。他自己在脑子里制造了这么个共产党影子，他就根据这个想道："要是那样，大家都想坐着吃，谁还来生产？"他听人说过小常这个人以后，他常想："那样一个好人，可惜是个共产党！"这次小常来了，他也跟大家一样，黑天半夜拄着棍子到铁锁门口听小常讲话，第二天晌午在更坊门口开群众大会，他也是早早就到，一直瞪着眼睛听到底。听过这两次话以后，他更觉着小常这个人果然名不虚传，认理真、见识远、看得深、说得透。他还特别留心想听听关于共产党的事，可是小常两次都没有提。这次他请小常，除了想问问抗战将来要弄个什么结果，还想问问小常究竟是不是共产党。

他陪着小常和王工作员吃过酒，伙计端上饭来。他们原是吃过饭的，又随便少吃了一点就算了。酒饭过后，王安福老汉便问起抗战的局面来。小常见他问的是这个，觉着这老汉果是热心国事的人，就先把近几个月来敌人的军事部署和各战场的作战情形，很有系统地报告了一番；又把中共毛主席答记者问时说的持久战的道理讲了一下（那时《论持久战》一书还没有出版）。王安福老汉是走过大码头的，很愿意知道全面的事，可惜别的从区里县里来的人，只能谈些零星消息，弄得他越听越发急，这会听着小常的话，觉着眉目清醒，也用不着插嘴问长问短。他每听到一个段落，都像醒了一场梦，都要把脖子一弯，用头绕一个圈子道："唔——是！"他对于打仗，也想得很简单，以为敌人来了最好是挡住，挡不住就退，半路得了手再返回来攻，得不了手就守住现有的原地，现有的原地守不住就还得退；退到个角上再要守不住，那恐怕就算完了。这时他见小常说像自己住的这块地方也可能丢，但就是丢了以后，四面八方都成了日本人，也还能在这圈里圈外抗战，而且中间还不定要跟敌人反复争夺多少次，一直要熬到了相当的时候，才能最后把敌人熬败。这种局面他真没有想到过。他听小常说完，觉着还可能过这种苦日子，实在有些心不甘，因此皱起眉头说："照这样看来，熬头长啦呀？"小常见他这样说，就反问他道："你不信吗？"王安福道："信信信！你说得有凭有据，事实也是这样，我怎能不信？我不过觉着这真是件苦事，可是不熬又有什么办法呢？好在最后还能熬败日本，虽吃点苦总还值得。"他又捏着他的苍白胡须道："我已经六十了，熬得出熬不出也就算了，可是只要后代人落不到鬼子手也好呀！自从日本进攻以来，我一直闷了几个月，这一下子我才算蹬住底了。"

接着他又道："常先生，我老汉再跟你领个教！牺盟会是不是共产党啦？"小常觉着他问得有点奇怪，但既然是这样问，也只好照着问题回答道："这当然不是了！牺盟会是抗日救国的团体；共产党是政党，原来是两回事。"王安福道："常听说先生你就是共产党，怎么现在又成了牺盟会特派员呢？"小常道："这也没有什么奇怪，因为只要愿意牺牲救国，不论是什么党不是什么党都可以参加牺盟会。"王安福道："这我也清楚了，不过我对你先生有个劝告，不知道敢说不敢说？"小常还当是他发现了自己的什么错处，马上便很虚心地向他道："这自然很好，我们是很欢迎人批评的。"安福老汉道："恕我直爽，像你先生这样的大才大德，为什么参加了共产党呢？我觉着这真是点美中不足。"小常觉着更奇怪，便笑道："王掌柜一定没有见过共产党人吧？"王安福道："没有！不过我觉着共产党总是不好的，都吃起现成来谁生产啦？"小常见他对共产党是这样了解，觉着非给他解释不行了，便给他讲了一会什么是社会主义，什么是共产主义，最后告他说共产也不是共现在这几亩地几间房子，非到了社会上大部分使用机器的时候不能实行共产主义。告他说共产主义是共产党最后才要建设的社会制度。又把社会主义苏联的情形讲了一些。说了好久，才算打破他自己脑子里制造的那个共产党影子。他想了一会，自言自语道："我常想，像你先生这样一个人，该不至于还有糊涂的地方啦呀？看来还是我糊涂，我只当把产业打乱了不分你我就是共产。照你说像在苏联那社会上当个工人，比我老汉当这个掌柜要舒服得多。"他又想了一下道："不过建设那样个社会不是件容易事，我老汉见不上了，咱们且谈眼前的吧。眼看鬼子就打到这里来了，第一要紧的自然是救国。我老汉也是个中国人，自然也该尽一分力。不过我老汉是主张干实事的，前些时候也见些宣传救国的人，不论他说得怎么漂亮，我一看人不对，就不愿去理他，知道他不过说说算了。你先生一来，我觉着跟他们不同，听了你的话，觉着没有一句不是干实事的话。要是不嫌我老汉老病无能，我也想加入你们的牺盟会尽一点力量，虽然不济大事，总也许比没有强一点，可不知道行不行？"小常和王工作员齐声道："这自然欢迎！"小常道："像你老先生这样热心的人实在难得！"王安福见他两人对自己忽然更亲热了，振了振精神站起来道："我老汉主张干实事，虽说不是个十分有钱的户，可是不像那些财主们一听说出钱就吓跑了。会里人真要有用钱的地方，尽我老汉的力量能捐多少捐多少！就破上我这个小铺叫捐款！日本鬼子眼看就快来抄家来了，哪还说这点东西？眼睛珠都快丢了，哪还说这几根眼睫毛啦？"小常和王工作员，听了他这几句话，更非常佩服他的真诚，连连称赞。后来小常又说捐款还不十分必要，当前第一要紧的事是减租减息、动员群众抗日，能动员得大多数人有了抗日的心情，再组织起来，和敌人进行持久战。问他有没有出租放债的事，是不是可以先给大家做个模范。他说："这更容易！不过咱是生意人家，没有出租的地；放债也不多，总共以现洋算不过放有四五千元，恐怕也起了不多大模范作用！"小常说："做模范也不在数目多少，况且四五千元现洋已经不是个小数目，至少也可以影响一个区！"王安福答应道："这我可以马上就做，回头我叫柜上整理一下，到腊月齐账时候就实行！不说照法令减去五分之一，有些收过几年利的连本都可以让了！"

两下里话已投机，一直谈到半夜。临去时小常握着王安福的手道："老同志！以后我们成自己人了，早晚到城就住到咱们会里！"王安福也说："你们走到附近，也一定到这里来！"这样便分手了。

六十岁的王安福参加牺盟会自动减息这件事，小常回到县里把它登在县里动员委员会的小报上，村里有铁锁他们在牺盟会宣传，王安福老汉自己见了人也说。不几天村里村外，租人地的，欠人钱的，都知道减租减息成了政府的法令，并且已经有人执行了，也就有好多向自己的地主债主提出要求，各村的牺盟会又从中帮助，很快就成了一种风气。

李如珍是靠收租收利过活的；小喜、春喜自从民国十九年（1930年）发财回来，这几年也成了小放债户；小毛也鬼鬼祟祟放得些零债。他们见到处都是办减租减息，本村的王安福不止自动减了息，还常常劝别人也那样做。他们自己的佃户、债户们大多数又都参加了牺盟会，成天在更坊开会，要团结起来向自己提出要求。他们觉着这事不妙，赶紧得想法抵挡。李如珍叫春喜到县里去找县公道团长。春喜去到县里住了一天，第二天回来就去向李如珍报告。

这天晚上，李如珍叫来了小喜、小毛，集合在他自己的烟灯下听春喜的报告。夜静了，大门关上了，春喜取出一个纪要的纸片子来报告道："这一次我到县团部，把叔叔提出的问题给县团长看了，县团长特别高兴，觉着我们这里特别关心大局，因此不嫌麻烦把这些问题一项一项都详细回答了一下。他说最要紧的是防共问题。他说咱这公道团原来就是为防共才成立的，现在根本还不变，只是做法要更巧妙一点。他说防共与容共并不冲突。他说阎司令长官说过'我只要孝子不要忠臣'，就是说谁能给阎司令长官办事，阎司令长官才用谁。对共产党自然也是这样，要能利用了共产党又不被共产党利用。既然容纳了共产党，又留着我们公道团，就是一方面利用他们办事，一方面叫我们来监视他们，看他们是不是真心为着阎司令长官办事，见哪个共产党员做起事来仍然为的是共产党，并不是为阎司令长官，我们就可以去密电报告，阎司令长官就可以撤他的职。第二个问题，'牺盟会是不是共产党'。他说牺盟会有许多负责人是共产党员，因为他们能团结住许多青年，阎司令长官就利用他们给自己团结青年。他们自然也有些人想利用牺盟会来发展共产党，可是阎司令长官不怕，阎司令长官自任牺盟总会长，谁要那样做，就可以用总会长的身份惩办他。"

李如珍插嘴问道："他就没有说叫我们怎样对付牺盟会？"

春喜道："说来！他说最好是能把村里的牺盟会领导权抓到我们自己人手里，要是抓不到，就从各方面想法破坏它的威信，务必要弄得它起不了什么作用。"

李如珍翻了小毛一眼道："我说什么来？已经好好抓在手了，人家说了个'出钱'就把你吓退了！其实抓在你手出钱不出钱是由你啦，你一放手，人家抓住了，不是越要叫你出钱吗？现在人家不是就要逼咱执行减租减息法令吗？"说到这里他回头问春喜道："阎司令长官为什么把减租减息定成法令啦？"

春喜道："接下来就该谈到这个。县团长说：这'减租减息'原来是共产党人提出来的。他们要求阎司令长官定为法令，阎司令长官因为想叫他们相信自己是革命的，就接受了。不过这是句空话，全看怎样做啦。权在我们手里，我们拣那些已经讨不起来的欠租欠利舍去一部分，开出一张单子来公布一下，名也有了，实际上也不受损失；权弄到人家手里，人家组织起佃户、债户来跟我们清算，实际上受了损失，还落个被迫得不得不减的顽固名字。"

李如珍又看了小毛一眼，小毛后悔道："究竟人家的眼圈子大，可惜我那时没有想到这一点。"小喜笑道："一说出钱就毛了，还顾得想这个！"说得大家齐声大笑。

春喜接着道："这几个问题问完了，我就把小常到村成立牺盟会的经过情形向他报告了一下。他说别的地方也差不多都有这样报告，好像小常是借着牺盟会的名字发展共产党。他说他正通知各地搜集这种材料，搜集得有点线索，就到司令长官那里告他，只要有材料，不愁撤换不了他。这次去见县团长，就谈了谈这些。"

小喜道："报告听完了，我们就根据这些想我们的办法吧！马上有两件事要办：一件是怎样抵抗减租减息，一件是怎样教铁锁他们这牺盟会不起作用。"

小毛抢着道："抵抗减租减息，我想县团长说的那个就好，我们就把那些讨不起来的东西舍了它。"

李如珍道："我觉得不妥当，县团长既然这样说，可见这法子有人用过了。空城计只可一两次，你也空城计我也空城计，一定要叫人家识破。我想咱村虽然有铁锁他们那个牺盟会，可是大权还在我们手，村长是我们的人，公道团是春喜，开起总动员委员会来，虽然是三股头——公道团、牺盟会、村政权——有两股头是我们的，怎么也好办事。"

春喜抢着道："你这么一说我想起办法来了，我们可以想法子跟他们拖。总动委会开会时候，我们就先把这问题提出来——先跟村长商量一下，就说我们要组织个租息调查委员会，来调查一下全村的租息关系，准备全村一律减租减息。铁锁他们都拿不起笔来，我们就故意弄上很详细整齐的表册慢慢来填，填完了就说还要往上报——这样磨来磨去，半年就过去了。"

小毛插嘴道："过了半年不是还得减吗？"

小喜抢着道："我看用不了两个月日本就打来了，你怕什么？况且这只是个说法，不过是叫挡一挡牺盟会的嘴，只要能想法把牺盟会弄得不起作用，这事搁起来也没人追了。"

李如珍道："对！只要把牺盟会挑散了就没人管这些闲事了。我看还是先想想怎样挑散牺盟会吧！"

小喜道："这我可有好办法。咱李继唐是个成事不足坏事有余的人，还坏不了这点小事？"

春喜道："你且不要吹！你说说你的做法我看行不行！现在多少跟从前有点不同，不完全是咱的世界了——自那姓常的来了，似乎把铁锁他们那伙土包子们怂恿起来了，你从前那满脑一把抓的办法恐怕不能用了。"

小喜道："这也要看风驶船啦吧，我该认不得这个啦？一把抓也不要紧，只要抓得妙就抓住了！"

春喜道："这不还是吹啦吗？说实在的，怎么办？"

小喜道："办法现成！说出来管保你也觉着妙！铁锁他们那伙子，不都是青壮年吗？我不是自卫队长吗？我就说现在情况紧急，上边有公事叫加紧训练队员。早上叫他们出操，晚上叫他们集中起来睡觉，随时准备行动，弄得他们日夜不安根本没有开会的时间，他们就都不生事了，上边知道了又觉着我是很负责的，谁也驳不住我！"

还没等春喜开口，李如珍哈哈大笑道："小喜这孩子果然有两下子！"春喜、小毛也跟着称赞。

事情计划得十全十美，四个人都很满意。李如珍因为特别高兴，破例叫他们用自己的宜兴磁烟斗和太谷烟灯过了一顿好瘾。

铁锁他们果然没有识破人家的诡计，叫人家捉弄了——村总动委会开会，通过了调查租息与训练自卫队。自从自卫队开训以后，果然把村里的青壮年弄得日夜不安，再没有工夫弄别的。王工作员虽然也来过几次，可惜人年轻，识不透人家葫芦里卖的是什么药，见人家表格细致，训练忙碌，反以为人家工作认真，大大称赞。

只有王安福老汉不赞成这两件事。他倒不是识破人家的计划，他是主张干实事的，见他们那样做抵不了什么事，因此就反对。一日他又进城去，小常问起他村里的工作，他连连摇头告诉小常道："不论什么好事，只要有小喜、春喜那一伙子搅在里边，一千年也不会弄出好结果来。像减租减息，照我那样自己来宣布一下就减了，人家偏不干实事，偏要提到总动委会上慢慢造调查表，我看不等他们把表造成，日本人就打得来了。自你走后，牺盟会一次会也没有开成，人家小喜要训练自卫队，领得一伙人，白天在地里跑圈子、把慢步，晚上集合在庙里睡觉，把全村的年轻人弄得连觉也不得睡，再没有工夫干别的事。我看那连屁也不抵！不论圈子跑得多么圆，慢步把得多么稳，有什么用处？"

小常是多经过事的人，自听王安福这么一说就觉着里边有鬼。问了一下县自卫队长，队长说："谁叫他这样训？"后来队长又派了个人去替小喜当队长，调小喜到县受训去。

这样一来，小喜他们的计划被打破了。恰巧那时阎锡山觉着决死队学了八路军的作风，恐怕他掌握不住，又到处派些旧军官另成立队伍。这些队伍也名"游击队"，在本县派的是个姓田的旧连长来当队长，叫田支队。小喜被调之后，也无心入城受训，就参加到这田支队去。

✝

　　新从县里派来的自卫队长也是牺盟会会员，来到村里，除不妨碍牺盟会开会，自己又参加在里边，每天晚上要跟大家在一处谈谈——有别的事，就谈别的事；没别的事，就谈打游击，既不误会里的事，对训练自卫队也有帮助。牺盟会的工作更顺利了。王安福实行减息以后，大家要求李如珍跟王安福看齐，不要只造表不干实事，弄得李如珍无话可说，只盼望敌人早些来把这事耽搁一下。

　　果然不几天消息更吃紧了，平汉、正太两路已被敌人打通，牺盟会只顾动员大家空室清野，把减租减息的事暂且搁起来。租虽说暂且可以不减，李如珍也没有沾了光，从平汉、正太两路退下来的五十三军、九十一师、骑四师、孙殿英的冀察游击队、张仁杰的什么天下第一军……数不清有多少番号的部队都退到山西上党一带的乡间来。这些部队，不知道是谁跟谁学的，差不多都是一进村就打枪，把老百姓惊跑了他们抢东西，碰上人就要东西，没有就打。受过"孝子"训的村长偷跑了，区长也偷跑了，李如珍平素的厉害对这些老总们一点也用不上，结果被孙殿英的侯大队绑了票。

　　把李如珍绑走了，家里情愿花钱去赎，可是找不上个说票的人——村里的好人只恨他死不了，谁还管他这些闲事；坏人又找不上个胆大的，春喜不敢去，小毛更是怕死鬼，别的烟鬼赌棍，平常虽好跟来跟去吸口烟灰，遇上这事，谁也躲得不见面了。家里人跟春喜、小毛商量了半天，都说非小喜不行，才打发人到田支队把小喜找回来。小喜巴不得碰上这些事，便满口应承去找侯大队。他去了三天没有回来，家里人正在发急，也找不上个探信的。第四天，小毛、春喜仍到李如珍家计划觅人探信，到了晌午李如珍跟小喜都回来了。大家问起怎样回来的，小喜洋洋得意道："我一去了，他们打发了个参谋跟我打官腔，说'部队里生活困难，请你叔父来没有别的意思，只是想请他捐几个救国捐款'。我说'这个容易，我管保能想出办法来给部队里补充些东西。我叔父虽有几顷地，可是没有现钱，这些年头卖地又没人要，不要在他身上打主意'。这个参谋见我是个内行人，就排开烟灯让我过瘾，两个人在灯下说了一会实底话。他说先叫我帮他们弄些东西来再放人，我也答应了。破了两三天工夫，黑夜也下了点劲，花布油酒，帮着他们弄了几十驮子，他们高兴了，请我跟叔叔吃了几顿酒饭，就打发我们回来了。"李如珍家里人听说没有花一个钱，自然十分高兴，春喜、小毛听了，也都佩服了小喜的本领。小毛还要问在哪里弄的那几十驮东西，小喜说："这你不用问！'黄河岸上打平和，几时不是吃鳖啦'。"

阴历年节到了，因为时候不对，谁也无心过年，差不多都连个馍也没有蒸。亲戚们也不送节了，见了面不说拜年，先问"你村住的是什么队伍""抢得要紧不要紧"。将就过了正月十五，日本飞机到县里下过了弹，不几天敌人就通通喤喤从长治打过来了。这村子离汽车路虽然只有十来里，敌人的大部队却没有来，只有护路的骑兵，三三五五隔几天来绕一趟。凡是有个头目的队伍，抢人时候虽然很凶，这时一听炮响，却都钻了大山，只剩下三五成群的无头散兵比从前抢得更凶些。

村里的自卫队一来没有打过仗，二来没有家伙，只有一条步枪、两个手榴弹，不能打，只能在村外放个哨，见有敌人来了、土匪来了，跟村里送个信，叫大家躲一躲。

李如珍是输过胆的，听说有个什么动静就往地洞里钻。春喜因为家里没有地洞，成天在李如珍家借他的地洞藏身。一天，太阳快落的时候，小毛跑来跟李如珍、春喜说："那个王工作员又来了，听说他当了咱这一区的区长。"李如珍道："区长不区长那抵什么事？多少军队还跑得没影子啦！"才说了几句话，外边有人说来了十来个溃兵，吓得李如珍、春喜、小毛把大门关起来躲进地洞里。停了一会没动静，李如珍打发小毛到楼上的窗窟窿去瞭望。小毛才上去，就见有一个兵朝着大门走来。吓了他一跳，正预备去报告李如珍去，忽然又看见是小喜，便轻轻喊道："继唐！"小喜听出是小毛的声音，便答道："是你呀？快开门！"小毛道："听说有十来个散兵？"小喜道："没有事！你放心开开吧！"小毛开了门放他进来，又到洞里去把李如珍、春喜都叫出来。

李如珍问小喜道："喜！你跟哪里来的？田支队驻在哪里？"小喜道："我在侯大队住了几天，日军就来了，田支队也不知道到什么地方去了。侯大队开到陵川大山里去了，我就留在附近，后来碰到个熟人，是豫北人，姓王，从前在太原会过面。"又望着春喜道："这人你也许知道。民国十九年，老阎要成立四十八师，他们手下有一把子人想投老阎，那时候他在太原住过几天，我在四十八师留守处当副官，和他谈过几次，后来老阎失败了，没有弄成。这次他们跟着孙殿英的冀察游击队到咱们这边来。近几天孙军往东山去了，他拉出几十个人来住在白龙庙，又收了些散兵，自称王司令，我在他那里算参谋长，就在附近活动。"李如珍道："我这几天闷在家里哪里也不敢去，究竟咱们这地方是个什么局势？你可以给我谈谈！"小喜道："大势是这样，汽车路和县城是日军占了。城里有了维持会，会长姓卫。"又望着春喜道："这人你也许知道，是个大胖子，在太原时候常好到五爷公馆去，后来在禁烟考核处当过购料员。"春喜道："认得。"小喜接着道："城里秩序就靠他来维持。一出城，汽车路上每隔十里八里就有个日军的哨棚，多则一两班人，少则三五个人，巡逻的骑兵常常来往不断，有时候也到附近各村去走一走。汽车路旁的村子也都有了维持会，日军过来也招呼一下。"李如珍道："你们跟日军、跟维持会取什么关系？"小喜道："还没有关系，白龙庙在山上，离汽车路二三十里，我们不到汽车路上去，他们也不到山上去，见不了面！"李如珍道："家里实在不好住呀！光散兵一天不知道就要来几次……"小喜道："散兵没关系！别的部队都走了，附近三二十里，凡是三个五个十个八个零兵，都是我们的人，见了他们，只要一说你认得我，管保没事。"李如珍道："虽是那样说，心里总不安，城里要是有个秩序，还不如搬到城里去住。你能不能给那姓卫的写个信介绍一下？"春喜抢着道："要是他，我认得，我可以替叔叔去打听一下，要合适的话，我跟叔叔同去，说不定还能找点事干！"

正说着，听见外边好多人乱吵吵的，小毛跑到门边去听了一下，回来说："街上人说捉住十个逃兵，缴了六条枪。"小喜跳起来问道："谁捉的？"小毛道："听说是自卫队捉住的。"小喜道："糟了！我走了！"说着就往外走，又摸了一下腰里的手枪。小毛追着问道："什么事？"小喜头也不回，只把手伸回背后来摆了一摆，开开门跑出去了。李如珍看春喜，春喜看李如珍，小毛跑回来问他们两个人，谁也弄不清是什么事。大家闷了一小会，听见好多脚步声咕咚咕咚越来越近，小毛赶紧去关门，已经来不及了。李如珍跟春喜只当是土匪，赶紧钻地洞。进来的不是土匪，原是王工作员跟自卫队长带着一二十个自卫队员——队员们背着新缴到的步枪，觉着很神气。冷元背着一条枪领着头，一进门就一把抓住小毛问道："小喜来这里没有？"小毛吓得说不出话来，结结巴巴说："没，没，没有来！"后边有好多村里人也挤进来，有人说："来了！我还碰见来！"冷元端起枪来逼住小毛道："说实话！来了没有？"小毛缩成一团道："来是来过，又走了。"王工作员道："搜一搜！不要叫漏了！"大家就在李如珍家搜起来。搜到地洞里，搜出李如珍和春喜，只是没有小喜，问了他们两个人一下，都跟小毛说得一样，知道已经跑了，也就算了。

自卫队长、王工作员、自卫队员和村里的人们一大伙人从李如珍家里出来回到更坊门口。这更坊门口，早已有两个队员拿着枪站岗，把捉住的十个散兵关在更坊里。冷元指着更坊门问王工作员道："这十个人怎么处理？"王工作员道："我看趁这会人多，还不如先开会，这十个人留在会后处理。你们可以再分头到各家去召集一下人，最好是全村人都来。"这时敌人离得不很远，开会也不便再打锣，冷元、铁锁们一大伙热心的人就跑到各家叫人去，好在这时候捉住了散兵，谁也想来看看，因此人来得反比平常时候更多。人齐了，村长早半月就跑了，李如珍和春喜，一个是村副一个是公道团长，又因为有小喜的事没有敢来。铁锁见村公所没有一个人来，想起自己是牺盟会村秘书，应该来主持会场，就走到更坊的阶台上向大家道："王同志现在成了咱区的区长了，今天来咱村里工作，先跟大家开个会。现在就先请王同志讲话。"

王工作员走上去讲道："老乡们！同志们！现在敌人已经到我们这里来了，我们的县城和交通大道已经被敌人占领了，正像常特派员上次和你们谈的，我们这里已经成了敌后抗战的形势了。敌人虽然占领了我们的城市和交通要道，可是广大的乡村还在我们手里。我们以后就要凭着这广大的乡村来和敌人长期斗争，熬着打，打着熬，最后把敌人熬得没了劲，才能收复失地。大家不要因为看见许许多多中国军队都走开了，就灰心丧气。现在我给大家报告些好消息。大家都知道大战平型关的八路军吧？现在别的军队往南撤退，这八路军反向北开，收复了宁武、广灵、灵丘、唐县、繁峙、左云、右玉、宁晋、朔县。这些地方，现在都成了敌人的后方，八路军就要在这些地方建立抗日根据地来长期抵抗敌人。现在这军队已经从洪洞赵县到咱们这里来，要和咱们老乡们共同建立抗日根据地，抵抗敌人。可惜旧日的行政人员不争气，平常时候跟老百姓逞威风倒可以，遇上这非常时期就没了本事了。前半个月，消息一吃紧，各路军队一往这里退，县长吓病了，各区区长、各村村长吓跑了，扔下各地的老百姓，任敌人欺负，任溃兵糟蹋，没人管。打电给阎司令长官，阎司令长官才从临汾退出来，连自己也顾不住，他手下的'孝子'们都紧紧跟着他只怕掉了队，派谁谁不敢来，后来才由咱们牺盟会举荐了个县长。这新县长上任才三天，敌人就打来了。县政府转移出来以后，地方上毫无秩序，区村长没有一个，没办法才由咱们的常特派员举荐了几个牺盟会的工作员当区长，咱这一区就派的是我。咱这一区也和别的区一样，受过训的'孝子'村长们，跑得一个也没有了。我这次到各村来，先要做这两件事。第一是补选抗日干部，第二是布置眼前工作。这村里，各种救国会还没有成立起来，只好以后再说。现在最重要的是村干部，先得有村长，大家可以马上补选一个，现在就选！"大家有的提王安福，有的提杨三奎，冷元跳起来道："我有个意见，我觉着这会是兵荒马乱的世界，当村长不只要热心为大家办事，还要年轻少壮能踢能跳才行！我提张铁锁！"大家不等主席说表决，都一致喊道："赞成！"后来王区长又叫举了一下手，仍然是全体通过铁锁当村长。村副虽然不缺，可是大家都说李如珍包庇小喜，不叫他再当村副，非改选不行，结果改选了王安福。提到自卫队长，大家一致都说队长好，可不敢调换了。干部选定以后，就布置工作，不过这里离敌人太近，除叫大家宣誓不当汉奸以外，其余的抗日戒严等工作，只能留在干部会上讲。王区长把他的事情宣布完了以后，大家要求报告一下怎么捉住那十个逃兵，并且要求区长处理，区长就让自卫队长先报告经过。

自卫队长报告道："今天才吃过午饭的时候，王区长来了。王区长召集牺盟会的同志们在福顺昌开会，村外有自卫队站岗。到了半后晌，一个队员来报告，说村西头山上的小路上来了十来个散兵，到村西头的土窑里刨福顺昌埋的东西，我就集合了几个队员去看。我和队员们在远处看见只有一个站岗的，冷元说这土窑只有一个门，只要把站岗的捉住，就能把其余的人困在窑里。他说他可以去试试看捉得住哨兵捉不住。他慢慢走到哨兵背后的地堰上，猛一下跳下去拦腰把那哨兵抱住就推着跑，别的队员上去把哨兵的枪夺了。那哨兵虽然喊了一声，窑里的人可没有听见。那时我带着队里的两颗手榴弹上到窑顶上，先扔下一颗，响了，里边出来一个头，身子还没出来就叫我喝回去了。我捏着手榴弹上的火线说'回去！谁动炸死谁'。他们不动了。我又喊'把枪架到门口！不缴枪我把土窑炸塌了，把你们一齐埋在里边'。他们不说话了，一会，一个人出来把五支枪架在门外。我当他们还有，我说'为什么不缴完'。他们一个人说'我们只有六条枪，放哨的拿走一条'。在村外站岗的一个队员说他们就只是六条枪，也就算了。冷元下去把枪收了，才叫他们出来。我问他们是哪一部分。他们说原来不是一部分，后来叫侯大队一个王连长收编了，驻在白龙庙，这村的李继唐——就是小喜——就是他们的参谋长。这次来刨窑洞，就是小喜领他们来的。小喜怕本地人认得他，把窑洞指给他们就躲开了。完了……这十个人就是这样捉住的。"自卫队牺盟会的人早就都知道了，后来的人不知道，听了队长的报告，都问小喜躲到哪里去了，知道的人告他们说躲在李如珍家，后来又跑了。

大家又讨论了一会怎样处理这十个人，最后都同意把这十个人交给区长发落，可是以后捉住了小喜，非当着村里人的面枪毙不可。后来这十个人由区长把他们带回县政府，经过了教育又补充了队伍。

小喜领得十个人出来抢东西，把人也丢了枪也丢了，不好回白龙庙去见姓王的，就跑到城里找着了卫胖子，在维持会当黑狗去了。他自从当了黑狗，领着巡路的日本骑兵回村子里去扰了好几次，把村里人撵得满山跑，把福顺昌的房子也烧了，把春喜叫到城里去给敌人办事，又在村里组织起维持会，叫李如珍当会长，小毛当跑腿的。从这时起，村里的自卫队不能在家里住，年轻妇女不能在家里住，每月要给城里的敌人送猪送羊送白面，敌人汉奸来到村里，饭要点着名吃，女人要点着名要。

十一

　　王安福年纪大了，不能跟着大家在野地里跑，就躲到二十多里外一个山庄上的亲戚家里。这山庄叫"岭后"，敌人还没有去过，汽车路附近抗日的人们被敌人搜得太紧了，也好到这里躲一半天。一天，铁锁、冷元们来了，王安福问起村里的情形。冷元说："不要提了！村里又成了人家李如珍和小毛的世界了！有些自卫队员们，家里已经出了维持款，他们的老人们把他们叫回家里去住，只有咱牺盟会有十几个硬骨头死不维持，背着自卫队的七条枪满天飞。如今是谷雨时候，这里的秋苗都种上了，咱们那里除了几块麦地，剩下还是满地玉茭茬——敌人三天两头来，牲口叫敌人杀吃完了，不只我们不能种地，出过维持款的，也是三天两头给敌人当民伕送东西，哪里还轮得着干自己的活？……"

　　王安福听他这样一说，觉着很灰心。他想这种局面到几时才能算了呢？他虽听小常和王区长都说过要慢慢熬，可是只看见敌人猖狂，看不见自己有什么动作，能熬出个什么头尾来呢？他问铁锁近来小常和王区长来过没有。铁锁说："王区长来过一次，他说咱们过去的动员工作没有做好，现在势力单薄，能保住这几条枪这几个人，慢慢跟敌人汉奸斗争着，就从这斗争中间慢慢发展自己的力量。"

　　他们走了以后，王安福独自寻思了一夜。他不论怎么想，总以为没有什么发展的希望，总以为这种局面将来得不到什么好结局。他是急性子人，想起什么来就放不下，第二天早晨起来，他便决定去找小常。

　　小常和他们牺盟县分会的几个同志们，跟县政府住在一个村子里，离岭后还有四五十里。王安福一来路很生，二来究竟是六十岁的老汉了，四五十里路直走了一天。太阳快落了，他走到一个小山庄上，看见前边几个村子都冒着很大的烟，看来好像是烧着了房子，问了问庄上的人，庄上的人说是来了队伍，是队伍烧火做饭，他们庄上人才去送柴回来。问他们是什么队伍，他们也不知道，只说是很多，好几村都驻满了，县政府叫附近的山庄上都去送柴。王安福问了一会也问不清楚，他想既是县政府叫送柴，一定是中国兵，又问了一下县政府住的村子，经庄上人指给他，他就往前去了。

　　走到村里，天就黑了，只见各家各院都有住的兵，好容易才找着牺盟会住的院子，找见了小常。这时小常正和几个队伍上的人谈民伕担架问题，黑影里也没有看见他是谁。他也不便打断小常跟人家的谈话，就坐在院里等着。一会小常把那些人都送出去了，回头来看见院里还有个人，向他走来，走近看见胡须、眼镜和手杖，才发现是他，不由得很惊奇地握住他的手道："呀！老同志！你怎么也能走到这里来？"才说了一句话，又有队伍上的人来找，他便叫别的同志招呼王安福到房子里洗脸吃饭，自己又和这新来的人谈起别的事来。这些人没有打发走，县政府又请他去开会，别的同志又都各忙各的工作。王安福吃过饭以后，只好躺在床上等小常。差不多快半夜了小常才回来。王安福听见他一开门，就从床上坐起来道："回来了？真忙呀！"小常道："你还没有睡，老同志？不累吗？"王安福一边答应着，便从床上下来坐在桌边。小常把灯拨亮了，也坐下来问道："找我有事吗？村里近来怎么样？"王安福道："就是为这事情。村里成了维持会的世界了，李如珍的会长，小毛是狗腿……"小常道："这个我知道，下边有报告。新近还有什么变化吗？"王安福道："变化倒没有什么变化，可是就这个，村里就难过呀！眼看就是四月天了，地里连一颗籽也没有下……"小常道："不要愁，老同志！我告你一个好消息。敌人的第一百零八师团九路围攻晋东南想彻底消灭我们抗日力量，被八路军打得落花流水。今天来的这些八路军，就是来收复咱们这地方来了，现在已经有一路要到你们那地方去打仗，你们那一带马上就要收复……"王安福听到这里忽然大声问道："真的？"小常道："可不是真的嘛！明天一早我也要去，去帮他们动员民伕抬担架。"王安福道："那？那我也跟你相跟回村里招呼去！"小常道："老同志，你不要急！你老了，跑一天路，明天不用回去，等一两天那里打罢了仗，把敌人打走了你再回去。村里的事，有铁锁他们在家可以招呼了。"劝了他一会，他仍坚决要回去，小常也只好由他。

这天晚上，小常睡得倒很好，王安福高兴得睡不着。他想把日本一打跑了，第二步一定是捉汉奸——城里一定要捉小喜、春喜，村里也一定要捉李如珍和小毛。他想到得意处，连连暗道："李如珍！我看你叔侄们还威风不威风？看你们结个什么茧？"越想越睡不着，越睡不着越想得细——想到战场上怎样打、日本人怎样跑、李如珍被捉住以后是个什么可怜相、小毛怎样磕头祷告、村里人怎样骂他们……想了一遍又一遍，直到鸡叫才睡着了。当他睡着了的时候，正是军队吃饭的时候。小常就在这时，起来吃过饭，天不明就随军队出发了。王安福起来，太阳就快出来了，别的同志跟他说小常同志随军出发了，叫他住一两天再回去。他心里急得很，暗暗埋怨小常不叫他，马上就要随后赶去。别的同志告他说赶不上了，就是要走也得吃过饭，路上没有吃饭的地方。说话间已经是吃早饭的时候了，他胡乱吃了点饭，仍是非赶回去不行，就辞了会里的同志们，也不再往岭后去，一直往回家的路上赶来。六七十里山路，年轻人也得走一天，这老汉总算有点强劲儿，走到晌午就赶上了部队，不过部队的行列太长了，再往前赶还是，再往前赶还是，也没有找见小常在哪里。快到家了，方圆三五里几个村庄都住下兵；摸了十几里黑赶到了家，庙里也是兵，更坊也是兵，自己的房子被敌人烧得只剩一座，老婆、孩子、儿媳、孙孙全家都挤在里间，外间里也住的是兵。他先不找自己的去处，先到铁锁那里去。这一下找对了，铁锁的三间喂过牲口的房子，也没有被敌人烧了，也没有住着兵，地下也铺着草，小常住在里边，王区长也来了，也住在里边。小常见他回来了，很佩服他的热情，就先让他在铺上休息。他问敌情，铁锁告他说："听说城里敌人退出来了，今天晚上前边汽车路上的两三个村子也住满了，恐怕天不明就会有战事，村里的担架也准备好了。"王安福道："敌人不知道咱的军队来了吗？"铁锁道："不知道！大队还没有到的时候，半后晌就有几十个人先来把前边的路封了，不论什么人都不准走过去。"谈了一会，王安福的儿子就来叫王安福吃饭，王安福道："你把饭端来吧！我还想问询问询别的事！"饭端来了，铁锁说："要不你就叫老掌柜在这里睡吧，你家也住得满满的了！"王安福的儿子说："也可以！"回去又送来一条被子来。

大家忙乱了一会，正说要睡，听见外边跑来几个人，有个人问道："村长在这里吗？"铁锁道："在！"那人道："你来看这是不是个好人，半夜三更绕着路往前边跑！"铁锁出去一看是小毛，便向那个兵道："汉奸！汉奸！维持会的狗腿！"那个兵道："那就送旅部吧！"小毛急着哀求道："铁锁，铁锁！我，我，我是躲出去的！我……"那个兵说："走吧走吧！"就拉着他走了。王安福听见是小毛说话，正要出来看，听见已经送走了，就自言自语道："小毛！你跑得欢呀？我看你还跑不跑了！"小常、王区长也都已经知道这小毛是什么人，都知道不是冤枉他，也就不问这事，都去睡了。王安福见把小毛捉住了，顺便想起李如珍来，问了问铁锁，说是已经看守起来了，也就放心睡去。

王安福一连跑了两天路，一连两夜又都没有睡好，这天晚上，他连衣服也没有脱，一躺下去便呼呼地睡着了，直到第二天五更打第一颗炮弹才把他惊醒。他醒来，天还不明，屋里早已点着灯。小常、王区长、铁锁都不知几时就走了。才过谷雨，五更头还觉凉一点，他们把草铺上不知谁的被子又给他盖了一条。二妞不知什么时候就起来了，坐在床上。小胖孩睡在她前边也被炮弹惊醒了。二妞向王安福道："睡不着了，王掌柜？你听！炮已经响开了，他们打仗去了。"小胖孩问道："娘！你说谁？打什么？"二妞道："就是说晚上住的那些兵，到汽车路上打日本鬼子去了！"接着又听见两声炮，王安福站起来道："到外边听听去！"说着就走出去了。小胖孩向二妞道："娘，咱们也到外边听听！"说着便穿起衣裳，跟二妞走出来。青壮年抬担架的抬担架，引路的引路，早就和军队相跟着走了。街上虽有些妇女、儿童、老汉们出来听炮声，可也还安静。炮声越来越密，王安福和几个好事的人跑到村外的山头上去看，因为隔着山，看不见发火的地方，只能看见天空一亮一亮的，机枪步枪的声音也能听见。起先只听见在南边一个地方响，后来好像越响地面越宽，从正南展到西南。天明的时候，越响越热闹了，枪声炮声连成一片。不大一会，正西也响开了，和西南正南的响声都连起来，差不多有二三十里长。这时候天已大明，村里的人，凡是没有跟队伍到前边去的，都到村边的各个山头上去听，直到快吃早饭的时候响声才慢慢停下来。这时候，有的回去做饭，有的仍留在山头上胡猜测。忽然西南的山沟里进来一股兵，也弄不清是敌人还是自己人，大家一时慌了，各找各的藏身地方。回去做饭的人听了这消息又都跑出来了，旅部留守的同志们告他们说是自己的队伍回来了，才把大家都叫回去。

队伍、民伕、自卫队都陆续回来了。敌人全退了，打死好几百，还打坏四个汽车。胜利品很多：洋马、钢盔、枪械、军服、汽车上的轮子、铁柱子……彩号没有下担架，吃过饭就转送到别处去，其余的队伍就住在这一带各村休息。

旅部把李如珍和小毛交给王区长处理，村里人一致要求枪毙，吓得他俩的家属磕头如捣蒜。后来大家又主张不杀也可以，要叫他们把全村维持敌人的损失一同包赔起来。他们两个的意见是只要不枪毙，扫地出门都可以。政府方面的意见是除赔偿损失以外，还得彻底反省，保证以后永远不再当汉奸，大家一致拥护。这样决定了以后，仍由王区长派人送到县政府处理。

县城收复了，县政府又回了城。把李如珍和小毛解到县政府以后，小毛因为怕死，反省得很彻底，把他十几年来在村里和李如珍、小喜、春喜一类人鬼鬼祟祟做的那些亏心事，拣大的都说出来了。

可惜敌人从城里退出来的时候，小喜、春喜两个人跟着卫胖子一伙人，从城里跑出来就躲到田支队去。县政府派人去要，田支队不放人，回了个公函庇护他们说：这些人是他们派到城里维持会里作内线工作的。县政府这边，早有小毛把小喜领着土匪回村刨窑洞，又领着敌人到村烧房子、捉人、组织维持会，把春喜叫到城里当汉奸……根根底底说得明明白白的了，可是田支队死不放，交涉了几次都空回来了。田支队凭着枪杆不让步，县政府凭着真凭实据不让步。后来各做各的——田支队包庇了这些人，县政府没收了他们的家产。

李如珍和小毛在县里反省了两个月，承认了赔偿群众损失，县政府派了个科长同王区长把他两人押解回村同群众清算。按李如珍在县里算的，共给敌人送过四口猪、十头牛，不足一千斤白面，只要跟小毛两家折变一些活物就够了，还不至于大变产业，可是一回来情形就变了。县府派来的科长同王区长，叫他两个人照着在县里反省的记录再在群众大会上向群众反省一遍。小毛就仍从十几年前说起，把他们从前打伙讹人的事一同都说出来了。内中像春喜讹铁锁一样，因为一点小事弄得人家倾家败产的事就有十几件，借着村长的招牌多收多派的空头钱更不知用过多少。一提起这些旧事，更引起群众的火来，大家握着拳头瞪着眼睛非跟李如珍算老账不行。李如珍怕打，也只好应承。结果算得李如珍扫地出门还不够，还是科长替他向群众求情，才给他留了一座房子。小毛平常只是跟着他们吃吃喝喝，没有使过多少钱，并且反省得也很彻底，大家议决罚他几石小米叫自卫队受训吃。小喜、春喜的家产一律查封，等要回原人来再处理。

十二

敌人走了，李如珍倒了，春喜、小喜走了，小毛吃过亏再也不敢多事了，村里的工作就轰轰烈烈搞起来——成立了工农妇青各救国会、民众夜校、剧团，自卫队又重新受过训，新买了些子弹、手榴弹……

大家也敢说话了。小喜、春喜的产业有许多是霸占人家的，自被查封以后一个多月了也没有处理，有些人就要求把霸占的那一部分先发还原主，其余的候政府处理。铁锁是村长，他把大家的意见转报给王区长，区长报到县政府。

一天，王区长又到县里追这事，县长说："这事情弄糟了，人家不知道什么时候在阎司令长官那里告上状，说县政府借故没收了他们的产业，阎司令长官来电申斥了我一顿，还叫把人家两个人的产业如数发还。"说着就取出电报来叫他看。王区长看了电报道："这两个人在村里的行为谁都知道，并且有小毛反省的供词完全可以证明，他们怎么能抵赖得过？我看可以把那些材料一齐送上司令部去，看他们还有什么话说。"县长道："我也想到这个，不过上面既然听了他们一面之词就来申斥我，可见是偏向他们那一面的，送上去恐怕也抵不了事。虽是这么说，还是送上去对，县政府不能跟着他们包庇汉奸，把已经有真凭实据的汉奸案翻过来。"

王区长回来把这事告给铁锁，铁锁回到村里一说，全村大乱，都嚷着说不行，也没有人召集，更坊门口的人越挤越多就开起会来。在这个会上通过由工农青妇各干部领导，到县政府请愿。第二天，果然组织起二百多人的请愿队带着干粮盘缠到县政府去。县长本来是知道实情的，见他们大家把县政府围得水泄不通，一边向他们解释，一边给阎锡山发电报。隔了两天，阎司令长官回电说叫等候派员调查。

大家回来以后把材料准备现成，只等调查的人来，可是等来等去没有消息。一个多月又过去了，倒也派来一个人，这人就是本县的卖土委员（那时候每县住着一个卖官土的，官衔是"经济委员"，老百姓叫他是"卖土委员"）。这位委员来到村公所，大家也知道他是个干什么的，知道跟他说了也跟不说一样，就没心跟他去打麻烦，可是他偏要做做这个假过场，要叫村长给他召集群众谈谈话。铁锁便给他召集了个大会。会开了，他先讲话。他给小喜、春喜两个人扯谎，说大家不懂军事上的内线工作，说这两个人是田支队派他们到敌人窝里调查敌人情形的。他才说到这里，白狗说："经济委员！我可知道这回事！"经济委员只当他知道什么是内线工作，也想借他的话证明自己的话是对的，就向他道："你也知道？"又向大家道："你们叫他说说！"白狗道："人家小喜做内线工作是老行家！"委员插嘴道："对嘛！"有些人只怕他不明白委员是替小喜他们扯谎再顺着委员说下去，暗暗埋怨他多嘴，只见他接着道："真是老行家！起先在白龙山土匪里做内线工作，领着十个人回咱村来刨窑洞，一下就把福顺昌的窑洞找着了；后来到城里敌人那里做内线工作，领着敌人到咱村烧房子，一下就把福顺昌烧了个黑胡同。不是老行家，谁能做这么干净利落？"他的话没有说完，大家都笑成一片，都说："说得真对！"委员本来早想拦住他的话，可是自己叫人家说话，马上也找不到个适当的理由再不叫说，想着想着就叫他说了那么多。白狗的话才落音，冷元就插嘴道："那你才说了现在，还没有说从前啦，从前人家小喜……"委员道："慢着慢着！听话！我的话还没有讲完啦！"别的人乱抢着说："你没有说完白狗怎么就说起来了？""你是来调查来了呀，是来训话来了？""说卖土你比我知道得多，说小喜、春喜你没有我清楚！""你比我们还清楚，还调查什么？"……后来不知道是谁喊道："咱们都走吧，叫他一个人训吧！"这样一喊，大家轰隆隆就散了。铁锁见委员太下不了台，就走到台前喊道："委员的话还没说完啦，大家都不要走！"台下的人喊道："没说完叫他慢慢说吧！我们没有工夫听！"喊着喊着就走远了。只有十来个人远远站住，还想看看委员怎样收场，铁锁叫他们站近一点再来听话，委员看见已经不像个样子了，便道："算了算了！这地方的工作真是一塌糊涂，老百姓连个开会的规矩都不懂！"铁锁本来是怕他下不了台，不想他反说是村里的工作不好，铁锁就捎带着回敬他道："山野地方的老百姓，说话都是这直来直去的，只会说个老直理，委员还得包涵着些！"

委员一肚子闷气没处使，吃过晚饭便到李如珍家里去。李如珍虽然没有地了，大烟却还没有断，知道委员也有瘾，就点起灯来让委员吸烟。委员问起小喜、春喜的事是谁向县里报告的，并且说："县政府凭的是小毛的口供，这小毛究竟是怎样一个人？"李如珍说："小毛原来也是咱手下的人。"接着就把小毛的来历谈了一谈。委员叫他打发人去叫小毛，他便打发自己的儿子去叫。

小毛觉着因为自己在县里说的话太多了才弄得李如珍倾家荡产，本来早就想到李如珍那里赔个情，可是又怕村里人说他去跟李如珍捣什么鬼，因此没有敢去。白天开会的时候，他听出委员是照顾小喜、春喜的，也有心去跟委员谈谈，可是一来觉着自己的身份低，不敢高攀委员，再则村里人当面还敢给委员玩丢人，自己当然更惹不起，因此也没有敢展翅。这时委员忽然打发人来叫他，他觉着这正是个一举两得的机会，一来能给李如珍赔个人情，二来能高攀一下委员，自然十分高兴，跟屁股底下上着弹簧一样，蹦起来就跟着来人去了。

他一进到李如珍家，见委员跟李如珍躺在一个铺上过瘾，知道是自己人了，胆子就更大了一点。李如珍向委员道："这就是小毛！"委员看了他一眼道："你就是小毛？坐下！"说着把腿往回一缩，给他让了一块炕沿，小毛凑到跟前就坐下了。委员道："小毛！李先生说你很会办事，可是为什么一出了门就顾不住自己了呢？"小毛懂不得委员的意思，看了看委员道："我好长时候了就没有出门呀？"委员笑道："不是说近几天，是说你在县里。你在县里，给人家瞎说了些什么？"小毛见是说这个，便诉起苦来。他说："好我的委员！那是什么时候？过命啦呀！不说由咱啦？"委员道："你也太没有骨头了，那边过命这边不过命？牺盟会人都是共产党，县长区长都是牺盟会，自然也都是共产党。他们吃着司令长官的饭不给司令长官办事，司令长官将来要收拾他们。李继唐、李耀唐（小喜、春喜）连这里的李先生都是司令长官的人。你听上共产党的话来害司令长官的人，将来司令长官收拾共产党的时候，不连你捎带了？"小毛来时本来很高兴，这会听委员这么一说，又有点怕起来，便哀求道："委员在明处啦，我们老百姓在黑处啦！反正已经错了，那就得求委员照顾照顾啦！不是我愿跟他们跑呀，真是被他们逼得没办法！"说着就流出泪来。委员道："你不要怕！错了就依错处来！我看你可以写个申明状，我给你带回去转送到司令长官那里，将来就没有你的事了。不只连累不了你，只要你跟李先生、继唐、耀唐都真正一心，将来他们得了势，还愁给你找点事干？"小毛道："委员这样照顾我，我自然感谢不尽，不过这申明状怎么写，我是个粗人，不懂这个，还得请委员指点一下。"委员道："这个很容易，你就说他们是共产党，要实行共产，借故没收老财们的家产，才硬逼着你在人家捏造现成的口供上画了字。只要写上这么一张申明状，对你也好，对继唐他们也好。"又向李如珍道："虚堂（李如珍的字）！我看这张申明状你给他写一写吧！"李如珍道："可以！"小毛道："这我真该摆酒席谢谢！委员明天不要走，让我尽尽我的孝心！"委员道："这可不必！你们村里共产党的耳目甚多，不要让他们说闲话。以后咱们遇事的时候多啦，这不算什么！"

这次调查就这样收场了，李如珍替小毛写的申明状，委员第二天带回去就转到阎司令长官那里。村里人也知道这卖土委员回去不会给自己添什么好话，可是既然有这么一回事，也就得再等等上边的公事。

委员回去又做了一封调查报告，连李如珍替小毛写的申明状一同呈到阎司令长官那里去。调查报告的大意说：这个案件完全是共产党造成的，因为小喜、春喜都是从前反共时候的干部——小喜是防共保卫团团长，春喜是公道团团长，因此村里县里的共党分子借着政权和群众团体的力量给他们造成汉奸的罪名，把他们的产共了。

这时候正是八路军在山西到处打败日军收复失地建立抗日根据地的时候，晋绥军退到晋西南黄河边一个角落上，不敢到敌后方来，阎锡山着了急，生怕他自己派出来的干部真正跟八路军合作。决死队学八路军的游击战术和政治领导，他以为是共产化了。在阎锡山看来，山西是他自己的天下，谁来了都应该当他的"孝子"，眼看好多地方，孝子们没有守住，被日本人夺去；孝子们又不会收复，又被八路军收复了，他如何不着急？偏在这个时候，各地都有些受了处分的汉奸们（像春喜们那一类人），不说自己当了汉奸，硬说是人家要共他的产；被敌人吓跑了的行政人员、公道团长们，不说自己怕死，硬说牺盟会勾结八路军夺取了他们的权力，都到阎那里告状。阎锡山接到这一批状子之后，觉着这些人跟共产党是生死对头，就拣那些能干一点的，打电报叫去了一批，准备训练一下作为他的新孝子，小喜、春喜两个人也在内。又打发田树梅到晋东南来把田支队这一类队伍编成独八旅，作为以后反对八路军的本钱。

小喜、春喜两家的家产被查封以后，因为没有处理，地也荒了。村里人问了县政府几回，县政府说已经又给上边去公事要小喜、春喜归案。等来等去，夏天过了，上边除没有叫他两人归案，又打电报把他两个要走了。又等来等去，敌人二次又来了，大家忙着参加战争，又把这事搁起了。不过这次李如珍、小毛那些人没有敢出头组织维持会。敌人的巡逻部队来过几次，被自卫队的冷枪打死两个人，没有走到村里就返回去了，村里没有受什么损失。后来八路军三四四旅又把敌人打跑了，村里又提起处理小喜、春喜财产的事，又到县政府去问，县政府说上边来了公事，说这两个人都是忠实干部，说小毛的口供是屈打成招，并且把小毛的申明状也附在公文里转回来了。

这一下更引起村里人的脾气来，马上召开了个大会，把小毛捆在会场上。有几个青年把镢头举在小毛的头上道："仍是我们落了屈打成招的名，这会咱就屈打成招吧！你说吧！你从前的口供上哪一行是假的？"小毛只看见镢头也不敢看人，吓得半句话也说不出来。全会场的人都喊道："叫他说！"小毛怕不说更要挨打，就磕着头道："都，都，都是真的！"有个人问道："谁叫你写申明状？"小毛道："委，委，委员！"又一个人道："谁替你写的？"小毛不敢说。有个青年在他的屁股上触了一镢把，他叫了一声。大家逼住道："快说！谁给你写的？"小毛见不说马上就活不成了，就战战兢兢道："李，李，李……"头上的镢头又动了一下，他才说出李如珍来。冷元道："委员怎么叫写申明状？他是怎么跟你说的？为什么你就愿意写？"小毛道："不写不行！委员说那边也要过命啦！"接着就把那天晚上见委员的事又说了一遍。冷元跳上台去喊道："都听见了吧：口供上都是真的，委员叫他写申明状，老汉奸李如珍管给他写！这里边都是些什么鬼把戏？依我说，咱们自己把小喜春喜的两份产业处理了，原来是讹人家谁的各归原主，其余的作为村里的公产！不论他什么政府，什么委员，什么长官，谁来咱们跟他谁讲理，天王爷来了也不怕他！除非他一分理也不说，派兵把咱这村子洗了！"大家一致举起拳头喊叫赞成。铁锁道："这样处理，在咱村上看来是十二分公平的了，可是怎么往上级报啦？县里自然也知道这件事的真情，可惜一个卖土委员的调查，一个小毛的申明，把事情弄得黑白不分了，又教县里怎样往上报啦？"杨三奎老汉道："卖土委员来了开了个会也没有叫村里人说话，在李如珍那里住了一夜，跟小毛他们鬼捣了个申明状就走了，他调查了个什么？依我说，他当委员的既然能胡捣鬼，咱们老百姓也敢告他，就说他调查得不实，叫上边再派人来重查，非把实情弄明白了不可。"大家也都赞成。白狗道："我有个意见，小毛能给委员写假申明，就能给我们写真申明，就叫他把他那天晚上见委员那事实实在在给咱们写出来。咱们也能给阎司令长官呈上去，呈上去看他们还有什么话说？"大家拍手道："对！马上叫他写！"大家问小毛，小毛说他自己不会写，叫找一个人替他写。大家就举王安福。王安福这时也觉着气不平，便向大家道："要是平常时候，写个字谁不能啦？可是这会我偏不写！一来我是村副不便写，二来他们太欺人了！办那些鬼鬼祟祟的事，有人出主意，也有人写，能写那个就不能写这个？"这句话把白狗又提醒了。白狗道："对！咱们把李如珍抓出来叫他再替他写！叫小毛说一句他写一句，他不写咱就把他送县政府，问问他跟委员跟小毛捣些什么鬼？问问他这汉奸反省了些什么？为什么还替汉奸捏状诬赖好人？"大家又是一番赞成。年轻人已跑去把李如珍抓来了。李如珍见是叫写委员住在他家那天晚上的事，明明是自己写状告自己，哪里肯写？结果被大家拖倒打了一顿，连小毛一同送县政府去了。至于怎样处理那两家的产业，铁锁说："完全不等上边的公事也不好，不如先把他讹人家的地先退给原主种，其余的东西仍然封存起来，等把官司打到底再处理吧！"年轻人们仍主张马上处理，修福老汉道："先把地退回原主，其余就再等一次公事吧，看这官司三次两次是到不了底的。"后来大家也都同意，就这样处理了。

以后一直等到过了年公事还没有来，仔细一打听，才有人说阎司令长官逃过了黄河到陕西去了，后来就再没有消息。

十三

春天种地的时候，村里等不来上边的公事，李如珍、小喜、春喜他们讹人家的既然经村公所发还各原主，各原主也就种上了。这一年，秋景还不很坏，被李如珍叔侄们讹得破了产的户口，又都收了一季好秋，吃的穿的也都像个人样子——铁锁也打了二十多石粮食，小胖孩也不给人放牛了，回村里来上了学。

大家不放心的就是上边仍然没有公事，李如珍押在县里也不长不短，催了几次案，县里说："就照你们村里那样处理吧。大概也没有什么不妥当。"最后那一次是铁锁去的，小常告铁锁说："阎锡山最近正在秋林召集反动势力开会，准备反对咱们牺盟会和决死队这些进步势力，恐怕对你们村里小喜叔侄们要庇护到底。县里对这事不便做主，由你们村里处理了，县里不追究也就算了。"

到了阴历十一月，忽然有些中央军来村号房子，向村公所要柴要草，弄得铁锁应酬不了。第二天，队伍开来了，又是叫垫街道，又是叫修马路，全村人忙得一塌糊涂。晚上又进来一批人：头一伙里有春喜，和当日在五爷公馆那些尖嘴猴、鸭脖子一类人是一伙，说是什么"精建委员"（阎锡山的一个特务团体，叫"精神建设委员会"）；第二伙里就又看见有小喜，领着一把子带手枪的人，又叫什么"突击队"（阎锡山另一个武装特务团体）。冷元、铁锁他们一看见这伙子人，知道要出事了，背地跟牺盟会几个常出头的人商量对付他们的办法。王安福老汉说："我看你们大家一面派人到县里问一问，一面还是先躲开不见他们，把公所的差事暂且交给我来应酬。我这么大个老汉，跟他们装聋作哑，他们也不能把我怎么样。"大家说："明知他们来意不善，要躲大家都躲开，你何必去吃他们的亏啦？"王安福不赞成，他说："他们真要跟我不过，死就死了吧，我还能活多大啦？"他执意不走，大家也只好由他。铁锁、冷元他们十来个前头些的人，带着自卫队的枪械都躲开了，只有白狗因为秋天敌人来了，配合军队打仗带了彩，无法走开，只好在家听势。

走出去的人，逃到了王安福当日住过的岭后，打发冷元到县里问主意。冷元去了半天就回来报告道："大事坏了！小常同志叫人家活埋了！"说着就哭起来。大家一听这句话，比响了一颗炸弹还惊人，忙问是怎么一回事。冷元哭了一会止住泪道："前天晚上，中央军跟突击队把县政府牺盟会都包围了。里边的人，冲出去一部分，打死了一部分，叫人家捉住杀了一部分，现在还正捉啦。县长生死不明，小常同志叫人家活埋了！"说得大家也都跟着哭起来。问他是谁说的，他说是牺盟会逃出来的一个交通员说的。得到了这个消息，都知道家是回不得了，附近各村，也都有了中央军、精建会、突击队，大家带的干粮盘缠又不多，只好在山里转来转去。山里人问他们是哪部分，他们只说是游击队。

他们转了四五天，转到一个山庄上，碰着二妞领着十一岁的小胖孩在那里讨饭，他们便把她叫到向阳坡上问起村里的情形。二妞摆摆手道："不讲了！没世界了！捉了一百多人，说都是共产党，剁手的剁手，剜眼的剜眼，要钱的要钱……龙王庙院里满地血，走路也在血里走。"随着就把被杀了的人数了一遍。大家听了只是摇头。冷元道："咱们只说除咱们这十几个人别的人就不相干了，谁想像崔黑小那些连句话也不会说的人，也都叫人家害了。真是活阎王呀！"

铁锁见二妞念的那些名字里边没有王安福，就问起王安福的下落。二妞道："他们把人家老汉捉到庙里，硬叫人家老汉说自己办过些什么坏事。老汉说：'你们既然会杀，干脆把我杀了就算了！我办过什么坏事？我不该救济穷人！我不该不当汉奸！别的我想不起来！你们说有什么罪就算有什么罪吧！'李如珍又回来当了村长，小毛成了村副，依他们的意思是非杀不行。后来还是他们李家户下几个老长辈跪在他们面前说：'求你们少作些孽吧！人家是六十多岁的人了！'后来叫人家花五千块现洋，才算留了个活命。"

大家又问起白狗，二姐哭了。她说："把白狗刻薄得不像人了，还不知活得了活不了啦！就是捉人那一天，小喜亲自去捉白狗。他叫白狗走，白狗的腿叫日兵打的伤还没有好，动也不能动，他就又在人家那条好腿上穿了两刺刀，裤上、袜上、床上、地上，哪里都成血涂出来的了。后来他打发两个人，把白狗血淋淋抬到庙里，把我爷爷、我爹，都捆起来。第二天，人家小喜一面杀别人，一面打发人跟巧巧说，只要她能陪人家睡一月，就可以饶他们一家人的性命。巧巧藏不住，到底被人家抢走了。他烧灰骨强跟人家孩睡了一夜，后来幸亏他老婆出来跟他闹了一场——他老婆不是李如珍老婆娘家的侄女吗？他惹不起，才算不再到巧巧那里去。"

铁锁又问："你娘儿们为什么也逃出来？是不是人家也要杀你们？把咱家闹成什么样了？"二姐道："再不用说什么家了！咱哪里还有家啦？人家说你是咱村的共产头，队伍围着村子搜了你一天，没有搜着你，人家把我娘儿们撵出来，就把咱们的门封了。衣裳、粮食，不论什么东西一点也没有拿出来。我说：'你们叫我娘儿们往哪里去啦？'人家小喜说：'谁管你？想死就不用走，想活啦滚得远远的！'我爷爷、我爹、我娘跟村里人背地都劝我说：'领上孩子出去逃个活命吧！不要在村里住了！他们是敢杀人的！'后来我娘儿们就跑出来了。"铁锁听了，咬了咬牙说："也算！这倒也干净！"

别的人各人问各人家里的情形，二姐都给他们说了说，有查封了家产的，有捉去了人的；有些已经花钱了事，有些直到她出来时候还没有了结。

正说着，山头上有人喊道："喂！你们是哪一部分？"大家抬头一看，上面站着许多兵，心里都暗惊道："这回可糟了！"人家既问，也不得不答话，冷元便答道："游击队！"上面又喊道："上来一个人！"离得很近，躲又躲不开，冷元什么事也好在前头，便道："我去！"说了把枪递给另一个人，自己就上去了。大家在下边等着，听见说话，却听不清说的是什么。停了一会，只听冷元喊道："都上来吧！是八路军！"大家听说是八路军，都高兴得跳起来，一拥就上去了，二妞跟小胖孩也随后跟上去。这部分队伍，是八路军一个游击支队，不过二三百人，从前也在李家庄一带住过，也还有认得的人。铁锁向他们的队长说明来历后，要求加入他们的队伍，他们自然很欢迎，从此这伙人就参了军。

铁锁又要求队长把二妞跟小胖孩带到个安全地方，队长道："白晋路以西、临屯路以南这一带，现在没有咱们的队伍，只有我们这几百人，还是奉命开往路东平顺县一带去的。晋城一带驻的是中央军，专门想找着消灭我们这些小部分，因此我们还不能从晋城走，还得从高平北部日军的封锁线上打过去，女人小孩恐怕不好过。"二妞向铁锁道："你顾你吧，不用管我！我就跟我胖孩在这一带瞎混吧！胖孩到过年还可以给人家放牛，我也慢慢找着给人家做点活，饿不死！中央军跟李如珍叔侄们又不是铁钉钉住，不动了！一旦世界再有点变动我还要回去！"

队伍休息了一会就开动了，铁锁和二妞母子们就这样分了手——二妞跟小胖孩一直看着队伍下了山。

十四

　　过了年，二妞到一个一家庄上去讨饭，就找到了个落脚处。这家的主人，老两口子都有五十多岁，只有十二岁个小孩，种着顷把地，雇了两个长工，养三个牛、两头驴子。二妞见人家的牲口多，问人家雇放牛孩子不雇，老汉就问起她的来历。二妞不敢以实说，只说是家里被敌人抄了，丈夫也死了，没法子才逃出来。这老汉家里也没有人做杂活，就把小胖孩留下放牲口，把二妞留下做做饭，照顾一下碾磨。

　　山野地方，只要敌人不来，也不打听什么时局变化，二妞母子们就这样住下来。住了一年半，到了来年夏天，因为时局变化太大了，这庄上也出了事。一天，来了一股土匪，抢了个一塌糊涂——东西就不用说，把老汉也打死了，把牲口也赶走了。出了这么大事，二妞母子们自然跟这里住不下去，就不得不另找去处。她领着小胖孩仍旧去讨饭，走到别的村子上一打听，打听着中条山的中央军七个军，完全被敌人打散了，自己的家乡又成了维持敌人的村子，敌人在离村五里的地方修下炮楼，附近一百里以内的山地，哪里也是散兵，到处抢东西绑票，哪里也没有一块平静的地方。

　　这时候二妞就另打下主意：她想既然哪里也是一样危险，就不如回家去看看。回去一来可以看看娘家的人，二来没有中央军了，家里或者还有些破烂家具也可以卖一卖。这样一想，她就领着小胖孩往家里走。走到离家十几里的地方，看见山路上有两个人——一男一女。小胖孩眼明，早早看清是白狗和巧巧，便向二妞道："娘！那不是我舅舅来？"二妞仔细一看，也有些像；冒叫了一声，真是白狗跟巧巧，两个人便走过来了。白狗先问二妞近一年多在哪里，怎样过。二妞同他说了一说，并把铁锁跟冷元他们十来个人参加了八路军的消息也告他说了。白狗说："人家这些人这回倒跑对了，我们在家的人这一年多可真苦死了！"二妞看见他穿了一对白鞋，便先问道："你给谁穿孝？"白狗道："说那些做甚啦？这一年多，村里人还有命啦？要差、要款、要粮、要草、要柴、要壮丁……没有一天不要！一时迟慢些就说你是暗八路，故意抵抗！去年冬天派下款来，爹弄不上钱，挨了一顿打，限两天缴齐，逼得爹跳了崖……"二妞听到这里，忍不住就哭起来。白狗说着也哭起来。姐弟们哭了一会，白狗接着说："爹死了，爷爷气得病倒了，我怕人家抓壮丁，成天装腿疼，拐着走。去年打几石粮食不够人家要，一家四口人过着年就没有吃的，吃树叶把爷爷的脸都吃肿了！"二妞又问道："你两人这会往哪里去啦？"白狗道："唉！事情多着啦！小喜这东西，成个长生不老精了，你走时候人家不是阎锡山的突击队长吗？后来县里区里都成了中央军派来的人了，他们看见阎锡山的招牌不行了，春喜他们那一伙又跑回阎锡山那里去；小喜就入了中央军的不知道什么工作团，每天领着些无赖混鬼们捉暗八路，到处讹钱——谁有钱谁就是暗八路，花上钱就又不是了。你知道，他常好到我家麻烦！"说着看了巧巧一眼，巧巧叹了口气把头低下。白狗又接着道："这次中央军叫日军打散了，人家小喜又变了——又成了日军什么报导社的人了，仍然领着人家那一伙人，到处捉暗八路、讹钱，回到村里仍要到家去麻烦。爷爷说：'你给她找个地方躲一躲吧！实在跟这些东西败兴也败不到底！'福顺昌老掌柜还在岭后住，我请他给找个地方，他说：'你送来吧！'我就是去送她去！"二妞又问道："李如珍老烧灰骨还没有死吗？"白狗道："那也成了长生不老精了！你走时候他就又当了村长，如今又是维持会长！"二妞又问起村里没了中央军以后，自己家里是不是还留着些零星东西。白狗道："什么都没有了！连你住的那座房子都叫人家春喜喂上骡子了！"二妞听罢道："这我还回去做什么啦？不过既然走到这里了，我回去看看娘和爷爷！"又向小胖孩道："胖孩，你跟你舅舅到岭后等我吧！我回去看一下就出来领你。反正家也没有了，省得叫日本人碰见了跑起来不方便！"小胖孩答应着跟白狗和巧巧去了，二妞一个人回村里去。

她一路走着，看见跟山里的情形不同了：一块一块平展展的好地，没有种着庄稼，青蒿长得一人多高；大路上也碰不上一个人走，满长的是草；远处只有几个女人小孩提着篮子拔野菜。到了村里，街上也长满了草，各家的房子塌的塌，倒的倒，门窗差不多都没有了。回到自己住过的家，说春喜喂过骡子也是以前的事，这时槽后的粪也成干的了；地上已经有人刨过几遍。残灰烂草砖头石块满地都是。走到娘家，院里也长满了青蒿乱草，只有人在草上走得灰灰的一股小道。娘在院里烧着火煮了一锅槐叶，一见二妞，一句话也没说出来就哭起来。哭了一会，母女们回到家里见了修福老汉，彼此都哭诉了一回一年多的苦处，天就黑了。家里再没有别的，关起门来吃了一顿槐叶。

槐叶吃罢了碗还没有洗，就听见外边有人凶狠狠地叫道："开门！"二妞她娘吓了一跳道："小喜小喜！"又推了二妞一把道："快钻床底！"二妞也只好钻起来。小喜在外边催道："怎么还不开？"二妞她娘道："就去了！我睡了才又起来。"说着给他开了门。小喜进来捏着个手电棒一晃一晃，直闯闯就往巧巧住的房子里走。二妞她娘道："他们今天晚上不在家，往他姑姑那里去了！"小喜用电棒向门上一照，见门锁着，便怒气冲冲发话道："不在？哄谁呀？"他拾起一块砖头砸开锁子进去搜了一下，然后就转过修福老汉这边来。他仍然用电棒满屋里照，一下照到床底，看见二妞，以为是巧巧，便嘻皮笑脸道："出来吧出来吧！给你拿得好衣裳来了！"说着伸手把二妞拉出来。他一见是二妞，便道："好！这可抓住暗八路了！管你是七路八路，既然是个女的，巧巧不在你就抵她这一角吧！你也是俺春喜哥看起来的美人，可惜老了一点！洗洗脸换上个衣裳我看怎么样？"说着把他带来的一个小包袱向二妞一扔。

就在这时候，外面远远地响了一声枪，接着机枪就响起来。小喜一听到机枪，就跑到门外来听。起先是一挺，后来越响越多，又添上手榴弹响，小喜撑不住气便跑出去。二妞趁他出去的机会，赶紧跑出院里来藏到蒿里。停了一会，小喜也没有回来，机枪手榴弹仍然响着。二妞慢慢从蒿里站起来，望着远处山上看，见敌人的炮楼上一闪一闪的火光，到后来机枪手榴弹停了，炮楼上着起一片大火。这时二妞悄悄跑回去叫她娘出来看，她们猜着总是八路又来了。看罢了火，娘儿们又悄悄关起大门回去跟修福老汉悄悄议论着，谁也没有敢瞌睡，只怕再出什么事。

天快明了，二妞她娘向二妞道："快趁这时候悄悄走吧！不要叫天明了小喜那东西再来找你麻烦！"二妞也怕这个，在锅里握了一把冷槐叶算干粮，悄悄开了门溜出来跑了。她出了村，天还不明，听着后边有几个人赶来，吓得她又躲进路旁的蒿地里去。她听见三个人说着话走过来，清清楚楚可以听出是李如珍、小喜和小毛。小毛问："有多少？"小喜说："老八路！人很多，好几村都住满了！"李如珍道："咱怎么不打？"小喜道："城里的日军不上二百人，警备队不抵事……"说着就走远了，听不清楚了。二妞得了底，知道晚上猜得还不差，她恨不得把他们三个捉住交给八路军，可惜自己是一个人，也只好让他们走开。他们走过之后，二妞且不往岭后，先回到村里去传这个消息。炮楼着火是大家都看见的事，见二妞传来这个消息，有些人到小毛和李如珍家里去看，果然见这两个人不在家了，就证明是真的。这时候，青年人们又都活动起来了，有的到炮楼上去打探，有的去邻近村子里找八路，不到早饭时候就都打听清楚了——炮楼平了，里边的日军死的死了跑的跑了，八路军把汽车路边的几个村子都住满了。村里人又都松了一口气，常关着的大门又都开了，久不见太阳的青年女人和孩子们又都到街上来了，街上长的乱草又都快被人们踏平了。

二妞吃过了槐叶，仍旧要到岭后去叫小胖孩，就起程往岭后去。路上的人也多起来了，见面都传着敌人被打跑了的消息。八路军出差的事务人员，也三三两两在路上来往。二妞走到半路，就碰上白狗、巧巧、小胖孩和王安福老汉都回来了——他们已经得到了消息。二妞也跟着返回来。白狗跑得最快，把他们三个都掉在后面。路上碰上熟人，都问白狗的腿怎么忽然不拐了，白狗说八路来了自然就不拐了。

赶二妞他们三人进到村里，白狗返回来迎住他们笑道："来了两个熟八路！你们来看是谁？"说着已快走到更坊背后，早听着更坊门口的人乱糟糟的。小胖孩先跑到拐角一看，回头喊道："娘！我爹跟冷元叔叔都回来了！"二妞跟王安福老汉听说，也都加快了脚步绕过墙角。大家见他们来了，全场大笑道："二妞也回来了！王掌柜也回来了！"青年人们叫的叫跳的跳，跟装足了气的皮球一样，一动就蹦起来；老年人彼此都说："像这样，就是光吃树叶也心轻一点。"

大家让开路，二妞、小胖孩、王安福和白狗四个人从人群中穿过，挤到冷元跟铁锁旁边。他两人都握了握王安福的手，拍了拍白狗的肩膀，摸了摸小胖孩的头，对二妞都想不出该怎么表示，彼此笑了笑，互相道："你也回来了？"冷元又补了一句道："你跟铁锁哥商量过到今天一齐回来啦？"这句话逗了个全场大笑。

王安福和白狗先问跟他两人同时出去的十几个人，别的人怎么没有回来。那十来个的家属也有些人凑来问。铁锁道："我们参加的那一部分没有来。他们在那边都很好，有好几个都成了干部，回头我到他们各人家里去细细谈一谈。我们两个人是上级从部队里调出来回来做地方工作的——上级说我们了解这地方的情况，做起来容易一点。我们两个就分配在咱们本区工作。"王安福道："这就好了，就又可以活两天了。"有几个青年，要求他们两个讲讲话，铁锁道："可以！你们去召集人吧！"杨三奎老汉道："还召集什么人啦？村里就剩这几个人了！"他两个看了一下男女老少不过百把人，连从前的一半也不够。冷元问道："就这几个人了吗？"杨三奎道："可不是嘛！跟你们走了一伙，中央军跟阎锡山那队伍杀了一伙，中央军又捉走一伙，日军杀了一伙，抓走一伙。逃出去多少？被人家逼死了多少？你想还能有多少？"铁锁叹了一口气道："留下多少算多少吧！咱们就谈谈吧。前年十二月政变，国民政府给八路军下命令，叫八路军退出中条山，退出晋东南，他们派中央军把这地方接收了。他们在这地方杀了许多抗日的人，庇护了许多汉奸，逼死了许多老百姓，后来自己又保护不了自己，被日本人打垮了，把这地方又丢给日本人来糟蹋了个不成样子。现在八路军又来了。八路军这次来跟上一次不同——不走了！要在这地方着根！就是要把这地方变成抗日根据地。我两人出去原来参加的是部队，如今被上级调到这里来做地方工作，过来以后，就分配到咱们这一区——叫我当区长，叫冷元组织农会。眼前要紧的工作是恢复政权、组织民众、解决眼前的实际问题。这些事自然不是说句话能做好了的，咱们现在先提出些实际问题吧！"

有个青年站起来道："我先问一句话，你说那什么国民政府再有一道命令来了，八路军还走不走了？"

铁锁道："再有一千道命令也不走了！我们不能把自己的人再交给他们去杀！"

那青年道："那我们就敢提问题了。李如珍他们那些汉奸可该着处理了吧？可不用再等阎锡山的公事了吧？"好多人都叫道："对！数这个问题要紧！"自这个问题提出来，大家都注意起这事来了。有的说"他们已经跑了还怎么处理"，有的说"跑了和尚跑不了寺院"，也有些老汉们说"稳一稳看吧，还不知道以后怎么样啦"。有些明白人就反驳他们道："不怕他！怕抵什么事？从前谁

不怕人家，人家不是一样杀吗？"铁锁道："这算一个问题了，还有些什么问题？"虽然也还有人提出些灾荒问题、牲口问题、土匪问题，可是似乎都没有人十分注意，好像一个处理汉奸问题把别的问题都压了。铁锁、冷元看这情况，觉着就从这件事上做起，也可以动员起人来，便向大家宣布道："大家既然说处理汉奸要紧，咱们明天就先处理汉奸。今天天也不早了，大家就散了吧！"

宣布了散会，铁锁向冷元道："你也该回家去看看了！"又向二妞道："咱们也回去看看吧！"二妞半哭半笑道："咱们还回哪里去？"王安福道："可不是！铁锁连个家也没有了！不过如今村里的闲房子很多，有些院子连一个人也没有，随便借住他谁一座都可以！"有个青年道："依我说，把春喜媳妇撵回她的老院里，铁锁叔就可以回他自己的院里去住！"铁锁道："这还得等把他们的案件处理了以后再说！"又向二妞道："我看今天晚上咱们就住在龙王庙吧！那里很宽大，一定没有人住。"别的人也说那是个好地方，里边只有老宋一个人。说到吃饭问题，王安福道："到我那里吃吧！我孩子们吃的是树叶，可还给我老汉留着些米。"冷元、铁锁都指着自己身上的干粮袋道："我们带着米。"大家道："那你们就算财主了！我们都是吃树叶！"二妞道："我连树叶也没有！"大家让了一会就走开了。

夜里，好多人都到庙里找铁锁说："李如珍叔侄们家里，小毛家里，今天都埋藏东西。要是没收他们的财产，就要赶紧动手，迟了他们就藏完了。"铁锁说："只要他们不倒出去，埋了还不是一样没收？"他们说："可也是！那咱们就得下点功夫看着他们，不要让他们往外面倒。"冷元说："那你们就组织组织吧！"他们马上组织起二三十个人来轮班站岗，一家门上给他们站了两个守卫的。

这一晚上，二妞只顾向铁锁谈她这一年多的经过，直到半夜才睡。才睡了一小会，就听得外面有人打门，起来一看，站岗的把小毛捉住了。前半夜才组织起来的二三十个人，差不多全来了，都主

145

张先吊起来打一顿。铁锁向小毛道："你实说吧！你们跑到什么地方去了？你半夜三更回来做什么？说了省得他们打你！"小毛看见人多势众，料想不说不行，就说道："我们出去一直跑到天黑，没有跟日军联上，走到李如珍一个熟朋友家，李如珍住下了，叫小喜去找日军，叫我回来打听这边的情形。我摸了半夜才跑到村，到门口连门也没有赶上叫，就叫他两个人把我捉住了！"铁锁道："李如珍确实在那里住着吗？"小毛道："在！"别的人说："叫他领咱们去找，找不着跟他要！"有的说："叫他领去不妥当！有人看见捉住了他，要给李如珍透了信，不就惊跑了吗？不如叫他把地方说清楚，派个路熟的人领着咱们自己去找。先把他扣起来，找不着李如珍就在他一个人身上算账！"大家都赞成这个办法。铁锁道："依我说这些事可以请军队帮个忙。那地方还没有工作，光去几个老百姓怕捉不回人来！"大家说："那样更稳当些！"这事就这样决定了。铁锁跟军队一交涉，军队上拨了一班人。村里人一听说去捉李如珍，自然是人人起劲。第二天早上王安福老汉捐出一斗米来给去的人吃了一顿饱饭。等军队上的人来了，就一同起程，不到半夜，果然把李如珍捉回来了。

十五

捉回李如珍来，事情就大了，村里人要求的是枪毙，铁锁是个区长，不便做主。县长也是随军来的，还住在部队里。县政府、区公所都还没有成立起来，送也没处送，押也没处押。铁锁和村里人商量，叫把李如珍和小毛暂且由村里人看守，他去找县长。到部队上见了县长，说明捉住这两个汉奸以后群众对政府的要求。县长觉着才来到这里，先处理一个案件也好，能叫群众知道又有抗日政权了。这样一想，他便答应就到村里去对着全村老百姓公审这两个人。

龙王庙的拜亭上设起公堂，县长坐了正位，村里公举了十个代表陪审。公举了白狗和王安福老汉代表全村做控告人，村里的全体民众站在庙院里旁听。李如珍一看这个形势，也知道没有什么便宜，便撑住气来装好汉。县长叫控告人发言，诉说李如珍的罪行。群众中有个人向白狗叫道："白狗！不用说他以前那些讹人的事，就从中央军来了那时候算起，算到如今，看他杀了多少人，打过多少人，逼死过多少人，讹穷了多少人，逼走了多少人？"白狗道："可以，先数杀的人吧！"接着就指名数了一遍，别人又把说漏了的补充了一些，一共是四十二个。县长问李如珍，李如珍说："这些人杀是杀了，有的是中央军杀的，有的是突击队杀的，有的是日本人杀的，我没有亲手杀过一个。"王安福道："你开名单，你出主意，说叫谁死谁就不得活，如今还能推到谁账上去？"有个青年喊道："照你那么说，县政府要枪毙你，还非县长亲自动手不行？"又有人说："怕他嘴巧啦？咱村里会说话的人都是他的证人。"李如珍料也推不过，就装好汉道："就说成杀了你们两个人，我一条命来抵也不赔本！杀了你们四十二个，利不小了！说别的吧！这些人都是我杀的！不差！"他既然痛快承认，以下的事情就不麻烦了。控告人说一宗，他承认一宗，一会也就说完了。审罢李如珍又审小毛。小毛打的人最多，控告人一时给他数不清，就向群众道："打跑了的且不说，现在在场的，谁挨过小毛的打都站过东边，没有挨过的留在西边！"这样一过，西边只留下几个小孩子和年轻媳妇们，差不多完全都到了东边了，数了一下，共六十八人，陪审的十个代表、当控告代表的白狗还不在数。白狗道："连陪审的人带我自己一共七十九个！叫他本人看看有冒数没有？"小毛也不细看，他说："我知道打得不少。反正是错了，也不用细数他吧！不过我可连一个人也没有害死过，叫我去捉人都是他们的主意！他们讹人家的东西我也没有分过赃，只是跟着他们吃过些东西、吸过些大烟！"群众里有人喊："跟着龙王吃贺雨就是帮凶！""光喝一口泔水（洗碗水）还那么威风啦，能分上东西来，你还认得你是谁啦？"

审完以后，全村人要求马上枪毙；可是这位县长不想那么办。县长是在老根据地做政权工作的。老根据地对付坏人是只要能改过就不杀。他按这个道理向大家道："按他们的罪行，早够枪毙的资格了……"群众中有人喊道："够了就毙，再没有别的话说！"县长道："不过只要他能悔过……"群众乱喊起来："可不要再说那个！他悔过也不止一次了！""再不毙他我就不活了！""马上毙！""立刻毙！"县长道："那也不能那样急呀？马上就连个枪也没有！"又有人喊："就用县长腰里那支手枪！"县长说没有子弹，又有人喊："只要说他该死不该，该死没有枪还弄不死他？"县长道："该死吧是早就该着了……"还没有等县长往下说，又有人喊："该死拖下来打不死他？"大家喊："拖下来！"说着一轰上去把李如珍拖下当院里来。县长和堂上的人见这情形都离了座到拜亭前边来看。只见已把李如珍拖倒，人挤成一团，也看不清怎么处理。听有的说"拉住那条腿"，有的说"脚蹬住胸口"。县长、铁锁、冷元，都说"这样不好这样不好"。说着挤到当院里拦住众人，看了看地上已经把李如珍一条胳膊连衣服袖子撕下来，把脸扭得朝了脊背后，腿虽没有撕掉，裤裆子已撕破了。县长说："这弄得叫个啥？这样子真不好！"有人说："好不好吧，反正他不得活了！"冷元道："唉！咱们为什么不听县长的话？"有人说："怎么不听？县长说他早就该死了！"县长道："算了！这些人死了也没有什么可惜，不过这样不好，把个院子弄得血淋淋的！"白狗说："这还算血淋淋的？人家杀我们那时候，庙里的血都跟水道流出去了！"县长又返到拜亭上，还没有坐下，又听见有人说："小毛啦？"大家看了看，不见小毛，连县长也不知道他往哪里去了。有人进龙王殿去找，小毛见藏不住了，跟殿里跑出来抱住县长的腿死不放。他说："县长县长你叫我上吊好不好？"青年人们说不行，有个愣小伙子故意把李如珍那条胳膊拿过来伸到小毛脸上道："你看这是什么？"小毛看了一眼，浑身抖擞，连连磕头道："县长！我，我，我上吊！我跳崖！"冷元看见他也实在有点可怜，便向他道："你光难为县长有什么用呀，你就没有看看大家的脸色？"小毛听说，丢开县长的腿回头向大家磕头道："大家爷们呀！你们不要动手！我死！我死！"大家看见他这种样子，也都没心再打他了，只说："你知道你该死还算明白！"县长道："大家都还下去！"又向陪审的人道："咱们都还坐好！"庙里又像才开审时候那个样子。县长道："你们再不要亲自动手了！本来这两个人都够判死罪了，你们许他们悔过，才能叫他们悔；实在要要求枪毙，我也只好执行，大家千万不要亲自动手。现在的法律，再大的罪也只是个枪决；那样活活打死，就太，太不文明了。"王安福道："县长！他们当日在庙里杀人时候，比这残忍得多——有剜眼的，有剁手的，有剥皮的……我都差一点叫人家这样杀了！"县长道:"那是他们!我们不学他们那样子!好了,现在还有个小毛,据他说的,他虽然也很凶,可是没有杀过人,大家允许他悔过不允许?"大家正喊叫"不行",白狗站起来喊道:"让我提个意见,我觉着留下他,他也起不了什么反!只要他能包赔咱们些损失,好好向大家赔罪,咱们就留他悔过也可以!"还没有等大家说赞成不赞成,小毛脸向外趴下一边磕头一边说:"只要大家能容我不死,叫我做什么也行!实在不能容我,也请容我寻个自尽。俗话常说'死不记仇',只求大家叫我落个囫囵尸首,我就感恩不尽了!"说罢呜呜地哭起来。县长道:"这样吧,李如珍就算死了,小毛还让我把他带走,等成立起县政府来再处理他吧!大家看这样好不好?"青年人们似乎还不十分满意,可也没有再说什么。白狗说:"就叫县长把他带走吧!只要他还有一点改过的心,咱们何必要多杀他这一个人啦?他要没有真心改过,咱的江山咱的世界,几时还杀不了个他?"这样一说,大家也就没有什么不同意了。审判又继续下去,控告人又诉说了小喜、春喜的罪行,要求通缉;又要求没收他们四家的财产,除了赔偿群众损失、救济灾难民外,其余归公。县长在堂上立刻宣布接受大家的意见。审讯以后,写了判决书,贴出布告,这案件就算完结。

村里由冷元、铁锁帮忙,组织起处理逆产委员会来处理这些汉奸财产——除把小毛的财产暂且查封等定了案再斟酌处理外,李如珍叔侄们的财产,马上就动手没收处理。他们讹人家的不动产,前二年已经处理过一次,这次仍照上次的决定各归原主。动产也都作了价,按各家损失的轻重作为赔偿费。最大的一宗,是李如珍家里存着三百来石谷子和一百二十石麦子,把这一批粮食拿出来救济了村里的赤贫户,全村人马上就都不吃槐叶了。

不几天,县政府、区公所都成立了,各地的土匪也被解决了。各村里当过汉奸的,听说打死李如珍的事,怕群众找他们算账,都赶紧跑到县政府自首了。

在李家庄，被李如珍他们逼得逃出去的人、被中央军和日本人抓走的人，都慢慢回来了；街上的草被大家踏平了；地里的蒿也被大家拔了种成晚庄稼了。修福老汉的病也好了。二妞跟小胖孩又回到十余年前被春喜讹去的院子里去住。村政权、各救会、武委会也都成立起来，不过跟冷元、铁锁他们年纪差不多的中年人损失得太多了，村干部除了二妞是妇救会主席，白狗是武委会主任外，其余都是些青年。没收的汉奸财产余了一部分钱作为村公产，开了个合作社，大家请王安福老汉当经理。民兵帮着正规军打了几次土匪，分到了十来支枪。龙王庙有五亩地拨给了老宋。这时候的李家庄，虽然比不上老根据地，可也像个根据地的样子了。

小毛这次悔了过，果然比前一次好得多：自动请村干部领着他到他欺负过的人们家里去赔情，自动把他做过的可是别人不知道的坏事也都讲出来。说到处理他的财产，他只要求少给他除出一点来，饿不死就好。

只有小喜、春喜两个人归不了案，春喜跟着孙楚回阎锡山那里去了就再没有回来，小喜跟着日军跑到长治去了。

十六

李家庄自从这次成了根据地，再没有垮了，敌人"扫荡"了好几次，李家庄有了好民兵，空室清野也做得好，没有垮了。三年大旱，李家庄互助大队开渠浇地，没有垮了。蝗虫来了，李家庄组织起剿蝗队，和区里县里配合着剿灭了蝗虫，又没有垮了。不只没有垮了，家家产粮都超过原来计划，出了许多劳动模范；合作社大赚钱，发展得京广杂货俱全，日用东西不用出村买；又成立了小学，成立了民众夜校，成立了剧团，龙王庙和更坊门口，每天晚上都很热闹。

日本宣布投降的消息传到李家庄之后，李家庄全村人高兴得跟疯了一样——青年人比平常跳得高多少就不用说，像王安福、陈修福、老宋、杨三奎那么大的老汉们，也都拈着自己的白胡须说："哈哈！咱们还没有死，就把鬼子熬败了！"

垒小了的大门又都拆开了，埋藏着的东西也都刨出来了。砖瓦窑又动了工，被敌人烧坏了的门楼屋顶都动手修理着。各家又都挂起中堂字画，摆上方桌、太师椅、箱笼、橱、柜、蜡台、镜屏……当闺女的也都穿起才从地窖里刨出来的衣服到娘家去走走。

村里人准备趁旧历八月十五，开个庆祝胜利大会。这个会布置得很热闹，请了一台大戏，本村的剧团也要配合着演。满街悬灯结彩，展览抗战以来本村得到的胜利品。十四日白天的节目是民兵技术表演——打靶、投弹、刺枪、劈刀、自由表演。十五日正式开庆祝会。十六日公祭抗战以来全村死难人员。三个晚上都演戏、看戏。

十四这天早上，胜利品就陈列起来了，十七条日本三八式步枪、三支手枪、几十个手榴弹、一把战刀、八顶钢盔、十来件大衣，还有些皮靴、皮带、皮包、钢笔、望远镜、画片、地图……七铜八铁摆了几桌子。

早饭后，步枪打靶开始，每人打三发。打完后，算了一下成绩，全体平均是二十三环，有两个神枪手，三枪都打着红心——其中一个就是武委会主任白狗。第二项是投弹，也不错，平均二十米远。小胖孩从小放牛时候扔石头练下功夫，扔了三十二米远，占了第一名，都夸他是"老子英雄儿好汉"。其余劈刀、刺枪、自由表演，也都各有英雄。表演完了，大家都欢天喜地受奖散会。

下午戏也来了，晚上街上庙里都点起了灯，当啷当啷开了戏。年轻人们都说："自从记事以来还数今年这八月十五过得热闹。"王安福老汉说："你们都记不得，我在十二岁时候——就是光绪二十七年（1901年），咱村补修龙王庙，八月十五唱了一回开光戏（就是给神像安眼睛），那时候也是满街挂灯，不过还没有这次热闹，因为那时候是李如珍他爹掌权，大家进到庙里都连句响话也不敢说。"

第二天是十五日，是正式开庆祝会的一天。早上，大家一边布置会场，一边派人到区上请铁锁、冷元回来参加。早饭以后，一切都准备好了，只是铁锁跟冷元没有来。大家又等了一会，只有冷元来了。冷元说："铁锁哥到县里去了，今天赶晌午才能回来，我给他留下了个信，叫他回来就来。"村长说："那咱们就先开吧！"

会开了，第一个讲话的就是村长。他报告了开会意义之后，接着就讲道："我现在先笼统谈一谈抗战以来咱们村里的工作成绩。要说把八年来村里的工作从头至尾叙说一下，恐怕多得很，三朝五日也说不完，现在咱们只用把村里的情形笼统跟以前比一比，就可以看出咱们的总成绩来了。先说政权吧，抗战以前，老百姓谁敢问一问村公所的事？大小事，哪一件不是人家李如珍说怎样就怎样？谁进得龙王庙不捏一把冷汗？如今啦？哪件事不经过大家同意？哪个人到龙王庙来不是欢天喜地的？再说村里人的生活吧，从前全村有八十多户没饭吃的赤贫户，如今一户也没有了；从前每年腊月，小户人家都是债主围门，东挪西借过不了年，如今每年腊月，都能安心到冬学里上课，到剧团里排戏，哪还有一家过不了年的？平常过日子，从前吃是甚穿是甚，如今比从前好了多少？咱们也不用自己夸，各人心里都有个数。再说坏人的转变吧，从前村里有多少烟鬼？多少赌棍？多少二流子、懒汉、小偷、破鞋？咱们也不是自己夸，这一类人，现在谁还能在咱们李家庄找出一个来？从前东家丢了东西了，西家捉住孤老了，如今啦？在地里做活，锹镢犁耙也不想往回拿，晚上睡觉，连大门也不想关，也没有奸情，也没有盗案。大家都是这样过惯了，也不觉得这算个什么事，不过你们细细一想，在抗战以前这样子行不行？说到全村人的进步，大家都是过来人，更不用多讲：论文，不论男女都认得自己个名字；论武，不论长幼都会打几颗子弹。这样在现在看来也都是些平常事，可是在抗战以前也不行呀！我想现在单单把李如珍叔侄们那些人弄得几个来放到咱们村里，他们就活不了。讹人讹不了，哄人哄不了，打人打不了，放债没人使，卖土没人吸，放赌没人赌，串门没人要，说话没人理，他们怎么能活下去？打总说一句：这里的世界不是他们的世界了！这里的世界完全成了我们的了！可惜近几年来敌人每年还要来扰乱咱们几回，如今敌人一投降，我们更是彻底胜利了！我们八年来，把那样一个李家庄变成了这样一个李家庄，这就是我们的总成绩！"

村长讲罢了总成绩之后，武委会主任、合作社经理、各救会主席、义校教员，也都各把本部门的成绩讲了一番。冷元又讲了一讲，以下便是自由讲话。自由讲话这一项最热闹，因为谁也是被一肚子胜利憋得吃不住，会说不会说，总要上去叫几声，一直到晌午以后还没有讲完。

就在这时候，铁锁来了，大家就让他先上台去讲。他开头第一句就说道："我来的任务，是报告大家个坏消息！"台下大部分人都觉着奇怪了，暗想"胜利了为什么还有坏消息"。铁锁接着说："日本已经投降了，为什么还有坏消息呢？"人们低声说："你可说呀？"铁锁仍接着道："因为日本虽然宣布了投降，国民政府却下命令不叫日本人把枪缴给我们，又下命令叫中央军渡过黄河来打八路军。阎锡山跟驻在山西的日军成了一气，又回到太原，把小喜他们那些伪军又编成他自己的军队，叫他们换一换臂章，仍驻在原地来消灭八路军。八路军第二次来的时候，不是跟大家说过永远不走了吗？可是现在人家中央军要来，阎锡山军也要来，又不叫日军缴枪，你看这……"台下的人乱叫起来了："说得他妈×倒排场！前几年他们钻在哪里来？"有人问："上边准备怎么办？"铁锁道："怎么办？日军的枪还要缴！谁敢来进攻咱们，咱们只有一句话'跟他拼'。"白狗跳上台去向铁锁道："你不用往下讲了！要是他们想来占这地方，我管保咱村的青壮年都是他们的死对头！"台下大喊道："对！有他没咱，有咱没他！"白狗已经把铁锁挤到一边，自己站在正台上道："他们来吧！咱们这几年又攒了几颗粮食了，他们再来抢来吧！这里的人还没有杀绝啦，他们再来杀吧！叫他们来做什么？叫他们给李如珍撑腰吗？叫春喜再回来讹人吗？叫小喜再到我家胡闹吗？他们来了，三爷还可以回来捆人押人打人，六太爷还可以放他的八当十，你怕他们不愿意来啦？他们来了，又得血涂龙王庙，咱们还能缩住脖子叫他们杀呀？他们也算瞎了眼了！他们只当咱们还是前几年那个样子，只会缩住脖子挨刀。不同了！老实说，咱们也不那么好惹了！反了几年'扫荡'，跟着八路军也攻过些城镇码头，哪个人也会放几枪了！三八式步枪也有几支了！日本手榴弹也有几颗了！咱们就再跟上八路军跑几趟，再去缴几支日本枪，再去会一会这些攻我们的中央军，再去请一请小喜，看这些孙子们有什么三头六臂！"台下又喊："谁愿意去先报起名来！"又有个青年喊："不用报名了！我看不如咱们站起队来教武委会主任挑，把不能用的挑出去，余下咱们一通去！"白狗道："还是报一下！大家同意马上报，咱们就报起来！"

院里、台上、拜亭上，分三组写名单。写完了，三组集合起来，报名的共是五十三个。白狗看了一下，也有四十岁以上的，也有十五六岁的，也有女的——二妞、巧巧都在数。铁锁道："这样不好领导，还得有个限制。"挑了一挑，把老的小的女的除去，还有三十七个，村干部差不多都在数。铁锁把这结果一宣布，二妞、巧巧，还有几个女的都说了话，她们说她们一定要到潞安府捉小喜。铁锁告她们说没法编制，她们说可以当看护。麻烦了一大会，大家劝她们在家领导生产照顾参战人们的家庭。

村干部都参了战，马上都补选起来了——二妞代理村长，妇救会主席换成巧巧。王安福老汉说："这么多的参战的，应该有个人负总责来照顾他们的家庭。我除了办合作社，可以代办这件事。"

大家在这天晚上，戏也无心看了，参战的人准备行李，不参战的人帮着他们准备。

第二天，公祭死难人员的大会，还照原来的计划举行，可是又增加了个欢送参战人员大会。

就庙里的拜亭算灵棚，灵棚下设起三个灵牌：村里人时时忘不了小常同志，因此虽是公祭本村死难的人，却把小常同志供在中间。左边一个是反"扫荡"时候牺牲了的三个民兵，右边一个是被反动家伙们杀了的逼死的那几十个人。前面排了一排桌子，摆着各色祭礼，两旁挂起好多挽联。

开祭的时候，奏过了哀乐，巧巧领着两个妇女献上花圈，然后是死者家属致祭，区干部致祭，村干部领导全村民众致祭，最后是参战人员致祭。

欢送参战人员的大会会场就布置在戏台下，那边祭毕，马上一个向后转，就开起这个会来。在这个会上，自然大家都又讲过许多话，差不多都是说"现在的李家庄是拿血肉换来的，不能再被别人糟蹋了""我们纵不为死人报仇,也要替活人保命"。讲完了话,参战人员把胜利品里边的枪械、子弹、手榴弹都背挂起来,向拜亭上的灵牌敬礼作别,然后就走出龙王庙来。

村里一大群人,锣鼓喧天把他们这一小群人送到三里以外。临别的时候,各人对自己的亲属朋友都有送的话。王安福向他的子侄们说:"务必把那些坏蛋们打回去,不要叫人家来了剐了我这个干老汉!"二妞向小胖孩说:"胖孩!老子英雄儿好汉,不要丢了你爹的人!见了这些坏东西们多扔几颗手榴弹!"巧巧向白狗说:"要是见了小喜,一定替我多多戳他几刺刀!"白狗说:"那忘不了,我腿上还有疤啦!"

1945年